The Last Wolf _{라스트 울프} & Herman

알마 인코그니타 Alma Incognita
알마 인코그니타는 문학을 매개로,
미지의 세계를 향해 특별한 모험을 떠납니다.

The Last Wolf 라스트 울프
& Herman

László Krasznahorkai
크러스너호르커이 라슬로

구소영 옮김

일러두기

• 본문 하단의 주는 옮긴이 주다.

• 저자의 이름은 국내에 알려진 '라슬로 크라스나호르카이'로 표기하는 대신, 국립
국어원 외래어 표기법 규정과 헝가리어의 성-이름순 표기 방식에 따라 '크러스
너호르커이 라슬로'로 표기했다.

• 〈라스트 울프〉는 모든 문장이 쉼표로 이루어져 있으며 맨 마지막 문장에만 마침
표가 찍혀 있다. 이는 작품이 하나의 기나긴 문장으로 읽히는 것을 의도한 저자의
장치이다.

차례

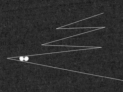

라스트 울프
The Last wolf

그저 웃음이 났다, 거리낌 없이 튀어나온 웃음이었지
만, 그러다 한편으로는 허무함과 다른 한편으로 멸시감 사
이에 어떤 차이라도 있는가, 또한 그 모든 게 대체 무슨 상
관인가 하는 데 온통 정신이 팔리고 말았다, 왜냐면 이게
늘 제 곁에 따라붙어, 돌이킬 수 없이 세상만사 모든 것에
상관이 있고, 세상만사, 모든 곳에 있는 모든 것에서 번져
나가니까, 게다가, 실로 모든 곳에서 일어나는 모든 일이라
면, 그게 무엇을 향하는지, 그리고 무엇으로부터 일어난
것인지 판단하기가 어려울 것이니, 어쨌거나 속 시원한 껄
껄 웃음은 아니리라, 왜냐면 허무함과 멸시감이 몇 날 며
칠 그를 압박하고 있었고, 그래서 그는 아무것도 하지 않
고 있었다, 개뿔도 하지 않고, 정처 없이 그저 떠밀려 다니

고, 슈파쉬바인에 앉아 그의 첫 번째 슈턴부르크 잔을 옆에 두고 몇 시간을 보내고 있었고, 한편으로 그의 주변에 모든 것이 참말로 허무함이 뚝뚝 떨어져 내렸으니, 멸시감은 더 말해 뭐할까, 그래도 가끔 이런 느낌이 잦아드는 하강 국면이 있기도 하고, 또 가끔은 실제로 이를 잊어버리고 멍하니 앞만 바라보고 있는 순간들도 있어서, 한참을 무료하게 그저 깨진 금을 바라보거나, 술집 목재 바닥의 얼룩을 바라보기도 하였다, 이게 가장 쉬운 일이니까, 말하자면 잠을 깨자마자 즉시 모퉁이를 돌아가서, 거기에서 시작하여 거기서 끝을 내었다, 그가 정신 못 차릴 정도로 술을 마셔대는 것은 아니지만, 하긴 그렇게 할 경제적 여유가 없기도 하고, 오히려, 언제나처럼, 순수한 습관에서 우러나 그렇게 지냈다, 과거 한때 몇 번 가장 싼 맥주를 고른 뒤, 슈턴부르크 부탁하오 했더니, 그 이후로 늘 남자가 시선에 들어오자마자, 그 앞에 내어놓는 게 그 맥주였고, 그러니 그저 슈파쉬바인에 발을 들이는 그를 보기만 하면 그는 입을 열 필요도 없이, 그의 탁자 위에 슈턴부르크를 척 대령하였다, 물론 그가 벌물 켜듯 꿀꺽꿀꺽 들이키지는 않고, 가끔 홀짝홀짝, 그냥 그가 거기 남아 있을 수 있는 정도로만, 실제 그는 거기, 보통은 두세 시간 머물렀고, 자리를 뜰 때조차도 중앙로의 지저분한 보행로를 둘러보려고 떠났다, 괴벤의 중심가를 향해, 그런 뒤 클라이스파크를 향해 외곽으로 멀찍이 카이저-빌헬름 광장에까지, 거기서 그는 생선 가게와 휴마나 중고상 근처를 가로질러 걸어온 길을 뒤집어갔다, 보행로는 끔찍하게 지저분한 게, 젊으나 늙으나 모두들 쉬지 않고 침을 뱉었다, 길을 걸으면서도 그냥 서서도 모든 사람들이 쉬지 않고 침을 뱉어대고, 가게 창문을 들여다보거나 버스를 기다릴 때조차도 뱉어대었다, 아마 그런 이유 때문인가, 그가 가는 데마다 모든 게 끈적한 느낌을 떨칠 수 없었다, 걸어 다닐 장소가 아닌 것처럼, 발을 들이밀자마자 이러다 금방 들러붙어 꼼짝도 못 하지 않을까 두려움이 들기 때문에, 그러니 특정한 속도로 걸어가야, 그가 일컫듯 활기찬 보행 속보로 걸어 다녀야 한다, 이런 생각에 정신이 팔려서, 그는 어떤 것도 느끼지 않아야 했다, 게다가, 심지어 출입구에는 토해 놓은 토사물이 밤새 얼어붙어 여기저기 있었고, 외벽들 역시 지저분하고, 그 위 그려놓은 쿠르드어 스프레이 그라피티들도 궂은 비바람에 푹 젖었다, 간단명료하게 요약하자면, 시작했다가 끝을 맺는 데가 중앙로였다, 그저 웃음만 났다, 하지만 그가 재차 편지를 읽은 건 아니다, 적어도 그는 그 편지를 한동안 손도 대지 않았다, 왜냐면 얼마나 어리석은 일인가 싶어서, 그는 헝가리인 남자 바텐더에게 말했다, 바텐더는 그를 그저 바라만 보며, 뭐랬느냐 묻듯 한쪽 눈썹을 치켜올렸다, 사람들이 그에게 한 말에 귀 기울이지 않았다, 음악을 떠나가라 틀어놓았으니 들리지도 않았다, 특히나 너절하고 달착지근한 터키 인기가요가 방방거리니, 슈파쉬바인에서 항시 들려오는, 무스타파 산달 아니면 타르칸, 혹은 타르칸 아니면 무스타파 산달, 이 음악을 선택한 까닭은 설명하기가 어려운데, 집주인이 이런 음악으로 술집에, 술을 파는 바에, 고객들을 꾀려고 하는 일은 헛된 까닭이다, 여기는 터키 사람들이 늘 길을 헤매다 실수로 접어드니까, 하지만, 아무것도 아니다, 그는 손을 내젓고 창문 밖을 바라보지만 밖에는 눈길 줄 만한 볼거리가 없다 다만 마약장수 몇 명이 슈파쉬바인 옆 벽에 기대어 무언가를 기다리고 있을까, 하늘은 납빛에, 쳐다볼 것이 없다, 허무함과 멸시감, 그 편지를 그는 멀리 밀어놓았다, 이를 돌돌 말아 가장 가까운 쓰레기통에 던져 넣고 싶은 마음조차 들지 않아서였다, 허깨비야, 그는 헝가리인 바텐더에게 말하고는 웃었지만, 사내는 이제 어떤 것에도, 전혀 관심을 기울이지 않았다, 관심을 보인데도 조금은 우스꽝스러운 선전이라거나 잘못 배달되었다거나 하는 이유를 갖다 붙이려고 하지도 않을 것이다, 심각한 편지였기 때문에, 그러므로 잘못 보내는 일은 불가능하기 때문이었다, 심각한 내용이다, 진짜로, 나중에 밝혀진 것처럼 극히 심각했다, 단지 일 전부가 완전히 경박한 장난일 뿐이었다, 사실 그의 앞으로 부쳐진 편지에다, 진정 마드리드에서 온 것이긴 하지만 보내려던 사람은 그일 리가 없었다, 그가 '엑스트레마두라Extremadura'에 초대될 리가 없었으니까, 이런 듣도 보도 못한 재단으로부터 알지도 못하는 그 직원들이 그에게 그 지역에 관한 무언가를 쓰며 거기에서 한 이삼 주 보내고 싶지 않느냐고 그에게 물어 왔으니, 그리고 대체 '보내고 싶지 않느냐'니 이건 뭔가? 여기에서 수년 동안, 이 피폐한 중앙로의 황무지에서 살고 있는데, 한두 개 들어오는 교정일에 삼백 유로를 벌어서, 근근이 그 돈으로 한동안은 견뎌 나가는데, 그러니 분명 실수임에 틀림없었다, 그런 실수라야 두어 해 전에 그들이 초대를 보냈다는 점도 설명된다(편지가 막 배송되더라도 지역 우체국에서는 드문 일은 아닐 것이다), 아니면 그들은 그들이 초대하는 사람이 더 이상 존재하지 않는다는 사실을 모를 수도 있지, 그래, 한때 그런 이름을 가진 누군가가 있었을 거야, 이름은 정확하다, 하지만 여기 그의 이름 뒤에 붙은 이 '교수님'은 없다, 그런 호칭이 그의 이름 뒤에 한때 따라다니던 적이 있었지만. 수년이 지난 지금은 말이 안 되었다, 왜냐면 이 사람과 연결 지을 일은 아무것도, 하나도 없기 때문이었다,

까마득한 옛날, 생각은 아무 소용도 없음을 인지하지 못하는 인물, 몇몇 읽을 수 없는 책을 쓴 사람, 묵직하게 중첩되는 부정적인 문장들과 목을 옥죄는 산문 속에 우울한 논리로 가득한 책들을 썼던 사람, 일련의 책들은 사실, 오랫동안, 실은 나오자마자 즉시, 아무도 불쏘시개로도 쓰지 않는다는 점이 명백했다, 그도 다를 바 없어, 철학자로서 그도 오래전에 말끔히 소진되어 버렸고, 그를 이해하려는 혹은 그의 문장, 그의 논리, 어법 혹은 산문이 추구하는 바를 이해하려는 어떤 진지한 시도를 하는 사람은 아무도 없었다, 그러는 사이 그는 아무런 수입이 없다시피 했다, 그러니 그냥 포기하는 일도 불가능했다, 게다가 그들이 모든 경비를 대겠다고, 항공편, 숙박시설 비용은 물론이요, 차와 통역사까지 '마드리드에서 당신을 기다렸다가 우리가 있는 카세레스 주 혹은 바다호스로 모셔 올 것이며, 거기서 만나 우리는 당신 저술에 대한 수수료로 얼마얼마 액수의 유로를 전달하리라,' 이런 솔깃한 내용을 머리 밖으로 몰아낼 수가 없어서 그는 무릎에 편지를 올려놓고 침대에 앉아 그렇게 많은 유로로 무엇을 할 수 있을까 상상했다, 복권 추첨장에서 자신의 이름이 턱 불릴 때 정확하게 이런 기분이리라; 그래요 당신, 맞아요, 어느 누구도 그런 제안을 거절해서는 안 된다, 그리고 당신은 이런저

런 일을 하기만 하면 된다, 모든 게 완전히 끔찍한 악몽이
야, 그는 혼잣말로 투덜거리고 창문 밖을 노려보지만, 오
직 자신만 보일 뿐이었다, 거울같이 반들거리는 무지하게
큰 정수리만, 전날과 똑같이 시작된 다음 날, 어렵사리 잠
이 깨어 슈파쉬바인에 내려가, 차가운 병 속의 차가운 슈
턴부르크 맛, 보통의 그저 그런 맥주, 그리고 헝가리인 바
텐더, 그가 느끼기엔 가장 가까운 사람이지만, 그럼에도
한 번도 그 앞에 잔을 부드럽게 내려놓은 적이 없었다, 그
럴 때마다 엄청나게 부아가 치밀고, 짜증이 났다, 이런 상
태를 설명하기란 어렵지만 그는 그 호로새끼의 얼굴을 아
주 묵사발로 갈겨 버렸으면 싶었다, 왜 부드럽게 잔을 내려
놓지를 못하는 것이냐, 왜 매번 쾅쾅 요란하게 건네는 것이
냐, 저 바깥에 하늘도 아주 먹구름이 찜부럭하고, 납빛 하
늘에 새어드는 빛은 거의 없이, 마약장수들은 벽에 기대어
있고, 보행로는 가래침으로 끈적끈적하였고 자신의 입속
에 허무함과 멸시감의 쓸쓸한 맛을 여전히 담고서 그가 괴
벤을 향해 어슬렁거리고 내려간 다음에 클라이스파크 뒤
따라 카이저-빌헬름 거리, 그런 다음 다른 쪽으로 건너가
생선 가게와 휴마나 중고상을 지나 그 뒤에 슈파쉬바인으
로 돌아와, 거기 던져버리지도 않고, 여전히 주머니에 그
가 넣어 두었던 편지를 슈파쉬바인에서 꺼내어 읽었다, 그

래 진짜 그에게 부친 편지다, 그의 이름이 맞다고, 못 박았다, 이 정도까지 이름이 났구나, 그 전날 믿었던 정도에 비하면, 지금은 희미하게 이는 실수가 아니구나, 믿기기 시작하였다, 정말이지 실수가 아니었다, 왜냐면 이웃한 텔레카페에 있는 한 테이블에서 보낸 이메일에 즉각적인 확답을 받았기 때문이었다, 그들은 진짜 그가 오기를 고대하고 있다며 확인도 해주고 언제 그가 도착할 것인지 묻는 회신이었다, 덧붙여 그가 원하는 만큼 자유로이 머물러도 좋다고 했으나, 그래도 여전히 이 사실이 영 믿기지 않았다, 그는 슈파쉬바인 헝가리인 바텐더에게 중얼거렸다, 그러고 나서 중앙로의 끈끈한 보행로를 따라 내려가기 시작하며 언제든지 그는 엑스트레마두라로 쌩하니 날아갈 수 있다는 못 미더운 생각에 익숙해지려고 노력했다, 비록 엑스트레마두라가 어디인지 전혀 모르긴 하지만, 스페인은 그저 과거 한때 그의 사심 없는 번역가와 사심 없는 출판업자, 두 명의 지인만 알긴 하지만, 번역한 책이 팔리지도 않고, 당연한 수순으로 펄프로 다시 짓이겨졌을 테니 이 결과로 그들과의 연고는 끊어진 지 오래였다, 그때 즈음에 그는 다른 모든 사람들과의 연락이 끊기긴 했으니, 뭐, 그래도 이런 연줄이 한 가지 유일한 가능성으로 남긴 해서, 그들에게 편지를 써서, 대체 무슨 일이냐? 이 초대는 무엇이냐?

믿어야 하느냐 말아야 하느냐? 만약 이것이 사실이라면 엑스트레마두라가 로마 사람들의 루시타니아 지역하고 동일한 데가 맞느냐고 물었다, 그래서 그는 텔레카페로 갔고, 거기 답장이 왔다: 그렇다, 엑스트레마두라는 고대 루시타니아 일부인 현대 스페인 지역을 이르는 말이다, 말하자면 루시타니아는 현대 포르투갈까지 아우르는 지역이고, 안달루시아가 그 아래 그리고 카스티야이레온이 그 위에 있으며, 콩퀴스타도레스(남미정복자)들이 거기서 출발을 하였다고 전해주었다, 그래도 매한가지로 과거 번역가와 과거 출판업자는―그리고 그들의 놀라움이 고스란히 느껴졌다―정확하게 그인 게 맞기는 맞는 거냐고, 물었다, 그의 머리에 방대한 정보를 축적하고 다니기로 오래 전부터 이름났던 그가 어떻게 그런 기초적인 일을 헷갈릴 수 있는가, 그의 드높은 명성이 얼마나 떨어진 거냐, 그들 회신으로 보면 상당히 명백하게, 이게 그들도 의문이 아닐 수 없나 보았고, 또 매한가지로 메일의 이 지점에 굵직굵직한 볼드체를 사용하여, 엑스트레마두라에서 대체 당신은 무엇을 찾고 있는 것이냐, 묻는 게 확연했다, 왜냐면 **거기에는 아무것도 없기** 때문이다, 그냥 방대한, 냉혹한 불모의 너른 평야, 국경 근처에 일반적으로 작은 언덕이 몇 개 딸렸고, 끔찍하게 건조하고, 언덕은 벌거숭이에, 땅은 바싹 말랐

고, 목숨 부지하는 일이 고달프기 짝이 없기에 사람들조
차 보기 드물다, 극심한 가난, 완전히 바싹 마른 땅이다, 대
체 무슨 이유로 엑스트레마두라로 가느냐, 차라리 바르셀
로나에 우리를 방문하러 오라, 두 명의 온정 넘치는 철학-
애호가 친구들이 자신들에게 오라고 열심히 촉구했다, 바
르셀로나는 바람직한 곳이었으나, 아니, 그는 바텐더에게
말했다, 카세트 플레이어의 음량을 줄여놓았음에도, 여전
히 이 손님이 무엇을 원하는지 이해가 안 되기 때문인지
바텐더 표정은 영 시무룩하니 언짢은 얼굴이었다, 아니,
그는 엑스트레마두라로 갈 것이다, 거기 대단할 게 없다면
더더욱이나 그에게 안성맞춤인 곳이다, 그 자신이 영 그
장소에 어울리지 않는 사람으로는 보이지 않을 것이다, 물
론 초대가 진심이라면야, 그는 모든 것에 계속해서 의심이
들었기 때문에 이 일을 모조리 처음부터 다시 걱정하기 시
작하여, 바깥에 있는 마약장사들을 내다보고, 바닥을, 바
를 뚫어지게 쳐다보고, 엑스트레마두라, 그 단어를, 혼자
서 되뇌이면서, 그런 다음 또 한 통의 이메일을 보냈더니
그에 대한 대답은 이전보다 더욱 분명했다, 그러니 이는 모
두 진실임에 틀림없다, 그는 헝가리인 바텐더에게 말했고,
바텐더는 물었다: 뭐가 진실이죠, 이 시점에 그는 아무것
도 아니라고 손을 내젓고, 그런 뒤 손짓으로 한 병 더 달라

고 했다, 술값이 유로로 얼마얼마라니, 그저 얼마얼마라니, 어찌나 서글프게 들리던지, 그래서 그는 행인들을 바라보고, 침을 퉤퉤 뱉는 모습을 눈여겨보면서, 혼자 커다란 자전거 수리점 창문 앞에서 '행운'이라고 웅얼거리고, 그런 뒤 이웃한 텔레카페의 2호 컴퓨터에서 2월 21일이면 괜찮다고 바다호스 센터로 답변을 보냈다, 우연히 그가 고른 날이었다, 그는 22일 혹은 24일이라고 쓸 수도 있었고, 3월 혹은 4월을 고를 수 있었지만 그냥 쓴 김에 지저분한 컴퓨터 자판의 '엔터' 키를 눌러, 2월 21일로 확정하고, 조심스럽게 마지막 줄에 '나는 일주일 동안 머물 수 있다'고 덧붙였는데, 보낸 메일에 '아주 좋아요'라는 대답이 엑스트레마두라에서 왔다, '우리가 즉시 비행기 표를 보내겠습니다' 하고 (표는 즉시 도착하였다), '우리는 도착에 맞춰 대기할 것이고 일단 도착하시면 통역사와, 차 그리고 교수님 필요하신 것은 무엇이든 제공하겠습니다' 했다, 이윽고 그는 이미 비행기에 올랐는데 그의 머리에 든 무언가 무거운 추가 동시에 양방향에서 반대로 당기기 시작하는 것이었다, 이 모든 일이 그의 실수였음이 분명했다, 아니라면 그들이 그를 다른 누군가와 혼동했는데, 그는 그들이 사실상의 그 사람이라고 혼동하고 있는 사람일 가능성을 더했다, 그것은 단지 특정한 '그'가 존재하지 않는다는 것이었다, 베를

린으로 되돌아와서 그가 헝가리 바텐더에게 설명했듯이, 비행기가 마드리드로 하강하는 것을 지켜보면서 거기에 그가 있었다, 그가 그들에게 알려준 자신의 인상착의로 인해 마드리드에 마중 나온 사람들은 즉시 그를 알아보았다, 120킬로그램의 체중, 얼굴 생김새, 그가 입고 있던 파란색 조종사 재킷을 고려하면 그리 어려운 과업은 아니었어, 마치 그의 롱옥을 맡은 중년 여인을 알아보기가 그리 어렵지 않았던 것처럼, 자신을 가리키며 그가 말했다, 그녀는 얼굴에 함박웃음을 띠고 도착장에 마중을 나와 있었는데, 머리 위로 자신의 이름이 적힌 피켓을 들고 있었다, 자신의 이름이, 그렇다, 비록 버스를 타고 가는 내내 그는 계속, 그들은 그라고 생각하고 있겠지만 실제 그를 환대하고 있는 것은 아니라고 생각하였다, 그러는 내내 마드리드의 빌딩들은 빠르게 지나갔고 그는 때때로 통역사가 말하는 무언가에 고개를 끄덕였다, 통역사는 그의 마음 안에 불복하는 목소리도 다 이길 큰 소리로구나 싶게 고함치다시피 영어로 그에게 무언가를 설명하려고 애쓰는 듯했다, 카세레스까지 가는 기나긴 여정 동안 무언가 설명을 하는데, 그는 단지 요점만 알아챘다, 그 요점이란 통역사인 그녀가 교수님께서 무엇을 보고 싶은지, 무엇에 관해 쓰고 싶은지, 그녀에게 말해주기를 기다리고 있다는 것이었다, 그들은 그의 마음이 내키면 바로 다음 날부터 시작할 수 있으니까, 하지만 실상 교수님은―요점만 간단히, 헝가리인 바텐더가 툴툴거렸다―진즉에 귀를 닫아버렸는데 그는 그의 귀에 대고 누군가가 그렇게 소리치는 것을 참을 수 없었기 때문이었다, 그리고 어쨌든, 그는 그녀에게 어떻게 고백을 해야 할지 전혀 생각이 떠오르지 않았다, 당연히 그는 아무것도 쓸 수 없었다, 그가 절망적으로 복잡하고, 미로 같은 생각과 문장들로 무엇을 쓸 수 있기라도 한지, 하지만 상관하지 말자, 그는 생각했다, 그리고 차창 밖으로 빠르게 지나는 들판을 지켜보았다, 조만간 그를 초대하는 것이 실수였다는 것이 명백해질 것이기 때문에 모든 것, 모든 계획은 전혀 관심이 없었다, 그 결과 처음 며칠 동안 그는 항시 몸을 사리고, 항시 긴장하고, 항시 누군가가 그에게 다가오면 침착하게 그 사실은 인정하려고 기다렸다, 그래요, 그를 초대한 것은 실수였어요, 그리고 그들은 이제 그를 공항으로 도로 데려갈 것이며, 그에게 다시는 그들을 조롱거리로 욕보이지 말라고 당부하겠지, 하지만 사실 어느 누구도 그런 식으로 그를 질책하며 다가온 사람은 없었다, 처음 며칠에도 없었고, 마지막에도 안 그랬다, 반대로 그들은 그를 무슨 국제적인 유명인사처럼 대했다―물론, 당연히 그러셨겠죠, 바텐더가 유리잔을 쌓으며 짜증으로

고개를 끄덕였다—하지만 진짜야, 마치 유명인사처럼, 단
언하며 그는 말을 이었다, 최고의 호텔에 감명 깊은 저녁
식사에 만찬에 그리고 끊임없이, 자꾸만 쉬지 않고 마음
편히 지내시라고, 하고 싶은 일은 그냥 하라고 부추기고,
그가 좋을 대로 북쪽 혹은 남쪽 혹은 동쪽 혹은 서쪽으로
여행하라고, 차와 운전사는 항상 교수님 마음대로 쓰시라
고 권했다, 통역사 역시 이하동문, 완전히 교수님 마음대
로 하시고, 오직 우리가 바라는 점은 교수님 경험을 길이
남기는 일입니다, 이를 당신이 적절하다고 여기는 대로 길
이 남기길, 당신이 후세에 무언가 명백한 그림으로 선사하
기만 한다면, 엑스트레마두라를 보고 솟아 나오는 무언가
교수님 생각들을 남겨주십사, 그러니 교수님도 우리가 교
수님이 무슨 일을 하셨으면 하는지 완벽히 아시리라 믿는
다, 그들은 그를 안심시켰고, 우리는 오직 교수님처럼 잘
알려진 누군가가—제가요? 그는 겁에 질려 자신을 가리
켰고 혼란으로 얼굴이 달아올랐다—하지만 물론이죠, 교
수님처럼 잘 알려진 사람이, 그들은 되풀이하고 미소를 지
었다, 교수님이 엑스트레마두라에 대해 생각할 수 있는 그
리고, 엑스트레마두라의 경험에서 태동한 교수님의 생각
을 글로 묘사할 수 있기를, 이 한때 역사적인 황무지, 수 세
기 동안 견뎌온 인간 궁핍의 보금자리가 새로운 길로 새출

발을 하는, 인생의 새 장을 여는 엑스트레마두라의 개화기
에 대해 우리 말마따나, 한 목소리 실어주실 수도 있으리
라 다만 바랄 뿐이라고, 그게 그들이 원하는 바라고, 그들
은 미소를 지으며 그의 눈을 똑바로 바라보았다, 그게 우
리가 이루고자 공들이고 있는 바입니다, 재단 사람들이 말
했다, 모든 이들이 과도하게 친절했고, 모두 그에게 어떻게
라도 거들고 보우하려 눈을 반짝였고, 그냥 그에게, 그들
모두 도움이 되고 싶어서, 그들의 손님이 뭔가 말만 하기를
혹은 무언가를 부탁하기만을 기다리고 섰다, 다만 그들이
그를 도울 일이 하나도 없을 뿐이었다, 왜냐면 바로 그 순
간 그는 그들이 자신에게서 무엇을 원하는지 깨달았기 때
문이었다, 그들의 위대한 계획을 도와달라고, 엑스트레마
두라의 개화기에 관해 생각을 빌려달라고, 초조하게 기다
리고 있구나, 그는 완전히 마비가 되었고 안 그래도 생각거
리 없던 머리인데 그의 뇌가 멈춰 버렸다, 뭔가 생각을 해
야 하는데, 하지만 뭘? 그렇게 그는 우아한 호텔의 편안한
안락의자에 앉아서, 마치 그가 헝거리인 바텐터에게 설명
하듯이, 거기 앉아서, 무력감이 주는 끔찍한 부담감에 짓
눌린 동안 카세레스 외곽의 감동적인 풍경을 응시하고 있
었다, 거기 아무것도 없었기 때문이었다, 아무것도, 그는
생각하는 일은 예전에 그만두었다, 그러니 그는 생각 이전

의 시간으로 거슬러 그 기억을 더듬어 가야만 하는 처지였
다, 이제 형용할 수도 없는데, 혹은 생각 이후 잔재들을 남
은 대로 차용하기를 기대해야 하나, 하지만 생각이 끝난
뒤에 남은 건 필연적으로 다시 침묵을 의미한다, 그가 부
리는 언어는 고정할 수 없는 내용물을 담을 틀로 더 이상
적절하지 않았다, 더 이상 작동하지 않는다, 전부 한 바퀴
완전히 돌아왔기 때문에, 그것이 표현할 수 있는 모든 것
을 분명히 표현했고, 원래 시작했던 지점에 도달했으니까,
그리고 이 순회 여행에서 완전히 소진되었으니까, 그러니
그에게 이런 생각의 행위는 종료되었다고, 그것도 영원히
끝났다고, 이런 관대하고, 열성적인 사람들에게 어떻게 말
을 해야 한단 말인가, 모험심이라고는 없으며, 그에게는 실
행할 능력도 남아있지 않으며, 그러니, 모든 것을 고려해보
면, 그는 그가 끌어올리는 데 필요한 내적 역량이 부족했
고, 없어서는 안 될 다양성과 기회 역시 갖고 있지 않다고,
그러니까, 한마디로, 그에게 원초적인 욕구 외에 아무것도
남아있지 않다고, 다만 '나는 원한다'라는 더러운 빨래처
럼 추저분한 언어로, 그는 생각했다, 정확하게 이런 생각으
로 그가 망가진 것이다, 그의 실패의 원인이었고, 지난 몇
년 동안 허무함과 멸시감의 미끄러운 비탈에서 하강하는
이유였다, 학문의 드높은 상좌에서 슈파쉬바인의 냉랭하

고 황량한 구렁텅이까지 낮게 더 낮게 미끄러지고 하강하
였다, 왜냐면 그가 언어 자체가 추저분하다고 선언한다면,
완전히 타락했다고 단언을 한다면, 그것에 대해 말할 가치
가 없다는 것도 자명한 진실이 되고, 그가 하는 방식도 다
른 사람들이 하는 방식도 소용없을 것이다, 즉 어떤 것도,
철학조차도, 더 이상 없다, 존재하지 않는다, 이는 책방의
창가 혹은 책꽂이에 진열된 책들과 다를 바 없다, 한 무더
기 오랜 쓰레기, 그저 가식이고, 다만 가면이며, 그저 잡다
한 마구잡이일 뿐, 다만 이런 책들은 진짜 책들과 진짜 철
학의 노고들이 차지해야만 하는 자리들을 찬탈하고 있다
는 사실을 다들 가려야 한다는 이유만으로 들어찬 한 묶
음의 혐오스러운 거짓말들이다, 그리고 그 외에, 그는 결코
'잘 알려진 인물'이 아니었다, 생각하는 일에 그저 자신의
운수를 시험해 봤지만 실패했던 아무개에 지나지 않았
다─허, 듣던 것과 다르네요, 헝가리인 바텐더가 비꼬는
투로 한마디 거들었다, 하지만 사실 고개도 돌리지 않고
한 말이었다, 왜냐면 그는 벽을 따라 선반에 병을 정렬하
는 데 손이 바빴기 때문이었다─그러니 나의 성과들은 종
내 아무것도 아닌 걸로 귀착되었다고 그는 말을 이었다, 여
기서 만약, 그러니까, 거기 엑스트레마두라에서 내 정체
가, 내 본색이 드러나면 좋을 것을, 하지만 아니, 일은 그런

식으로 풀리지 않았다, 그냥 사실을 이실직고할 수가 없었다, 그들은 너무 친절했고, 실망시키기에는 너무 사근사근하였다, 어쨌거나 거기 바로 첫날에, 설명해보려고 그가 시도하자 통역사는 즉시 목소리를 높이고 더욱 시끄럽게 바락거렸고, 쏟아지는 말들 사이로 하던 말도 묻혀 말 한마디 붙이지 못하자, 나중에 그는 할 수 있는 한 조용하게 계속 차를 몰아가라고, 모든 것은 괜찮다고, 우선 출발해서 이를테면, 아랍에서 이민 온 외국인 노동자들이 살고 있는 곳을 방문하자는 제안을 했다, 이 지점에 통역사는 약간, 아주 약간, 목소리를 낮추고, 열광적으로, 거의 자랑스럽게, 마치 바로 이 주문을 준비라도 한 것처럼, 교수님은 틀림없이 나발모랄 데 라 마타 혹은 탈라유엘라를 염두에 두신 것 같다고 대답했다, 그리고 그들은 이미 나발모랄, 나발모랄 데 라 마타로 가는 중이라고 했다, 그래서 잘되었군요, 그가 말하고 초조하여 꿈지럭대었다, 무얼 한다, 그는 아무 생각이 없었으니까, 이제 설명하고 있듯이, 뭐든 그 장소가 어디인지 알 턱도 없고 왜 그들이 거기 가는지 몰랐다, 그래도 그는 그 문제에 온 정신을 집중해서, 출발하기 며칠 전에 텔레카페에 앉아서 읽었던 내용을 떠올리려고 노력했고, 비록 그가 기억하는 전부가 아랍 이민 노동자들이 언급하던 그들 사이에 무슨 긴장에 관한 내용뿐 그리고 생태학에 관련한 어느 신문기사가 기억났는데, 여기에 나온 두 명의 필자들이, 그가 이름은 적어 두었으나 어디에다 적었는지 도통 기억이 안 나는 누군가의 말을 빌려, 아무튼 그 사람이 '두에로 강의 남쪽에서 1983년 마지막 늑대가 스러졌다'고 하더라는 언급을 하였는데, 아마 그런 특이한 문장의 어조 탓에 그 내용이 그의 기억에 각인되었을 것이다, 과학자들은 이런 종류의 기사들에서 좀체 그런 시적인 표현은 쓰지 않으니까, 안 그런가? '마지막 늑대' 같은 용어들로 말하지 않는다고 그는 헝가리인 바텐더에게 설명했다, 하지만 배달이 도착하여, 맥주, 와인, 증류주, 무알콜 음료들이 밀려들고, 바텐더는 다시 듣는 일을 중단하고서, 충실하게 병 수를 세고 공책에 송장대로 모두 거기 있는지 체크 표시를 했고, 맥주, 와인, 증류주, 무알콜 음료들이 제대로 있자, 배달부들에게 떠나기 전에 공짜로 맥주 한 병씩을 주었다, 그래서 바텐더가 바 뒤의 자신의 자리에 돌아와 계속해도 좋다는 표시라도 되는 듯 고개를 들어 올리자, 그는 열광적으로 말을 이으며, 이제껏 들었다시피, 나발모랄 데 라 마타로 가는 길에 마음에 우연히 뭔가가 떠오르긴 하더라, 그 신문기사에 대해, 과학적인 기사들은 상당히 다르다는 것에 대해서, 왜냐면 과학자들은 '스러지다'라는 말도 '마지막'이란 말도 사용하지 않기 때문이다, 하지만 신경 쓰지 마라, 그는 그런 말을 하고 차가 나발모랄 데 라 마타를 향해 가는 동안에 아무튼 금방 이를 잊어버렸다, 하늘은 구름 한 점 없었고, 돌려 내린 차창 위로 불어오는 공기에 기온은 쾌적하게 따뜻했다, 고속도로는 사람도 거의 없이 조용했다, 그가 아랍인들이 진짜로 나발모랄 데 라 마타와 탈라유엘라에 살고 있기는 하지만 신장은 없고 긴장은 더 남쪽에, 지역민들이 통역사에게 설명한 대로라면 안달루시아 지역에 있다고, 알게 되었다, 여기는 비교적 거의 없는 편이다, 그저 수천 명이 한 철을 나며 머물긴 해도, 그들은 서로서로 어울려 지내고 물론 엑스트레마두라 토착 주민들과도 큰 알력 없이 살고 있다고 덧붙였다, 왜냐면 담배밭에서 하는 일은 억센 체력이 담보되어야 하는지라, 그런 덕에 그들은 꽤 두둑한 급료를 받는 편이기 때문이다, 다 알아보고 난 뒤, 한편 돌아오는 길에, 간결하게 말하자면, 귀로는 자꾸 어두워져 가고 그래서 주변에 말 그대로 사람 하나 없었고, 그래서 그는 더 이상 나발모랄이나 탈라유엘라는 안중에 없이, 그 기사로 자꾸 생각이 돌아갔다, 차의 웅웅거리는 소리에 혼곤히 졸렸고, 하루 종일 일에 지쳐 통역사도 깜빡 잠에 빠져들었고, 조용한 운전사 옆에 앉은 그는 그 기사의 기이한 점이 기억이 났다, 원고에서 이상하게 시적인 문장들이 두드러지더라는 점만이 아니라, 그 문장, 내용 자체도 이상했다, 언제 '마지막 늑대'가 죽었는지 누가 알겠는가, 어떻게 알겠는가, 그건 그렇다 쳐도 그 동사 '스러지다'만 봐도, 어떤 과학자들이 그런 식으로 말하는지? 아니, 그 기사, 그 문장에는 무언가 상당히 맞지 않은 것이 있었다, 그날 저녁 카세레스에 있는 재단에서 나온 사람들에게 통역사를 통해 그냥 그의 관심이 예사로이 자꾸 이쪽으로 쏠린다고 말을 전하였다, 그러자 그들 귀에 이 말이 그만 이것이 그들의 임무로구나, 그들이 해결해줘야 할 무슨 문제를 그가 제안하고 있다, 교수님이 읽었던 기사가 무슨 기사인지 알아봐 달라, 필자들이 인용한 어구의 해당 인물을 추적해달라는 뜻이로구나, 알아듣겠는데 다만 한 가지 그들은 왜 교수님이 상당히 우울해 보이나, 저녁 식후 바에서 왜 허공만 멍하니 노려보고 있나 그 이유는 알지 못했다, 그들도 내 마음은 짐작은 했겠지만, 그는 헝가리인 바텐더에게 말했다, 그도 마음 같아서는 그 이유를 말을 하고 싶어도, 그가 무슨 말을 할 수 있겠는가, 어떻게 중앙로가 어떤지, 중앙로에 사는 일이 어떤 건지, 중앙로의 아침이 어떤지, 슈파쉬바인 술집이 어떤지, 이해시킬 수 있겠는가,─ 뭐 그게 어떤데요? 헝가리인 바텐더가 그를 향해 대뜸 쏴붙였지만 그는 대답하지 않고 그저 다음 말을 이었다,─

왜냐면 어떻게 무엇이 그렇게 그를 무겁게 내리누르는지 묘사할 수 있겠는가, 생각하는 일을 그만둔 지도 아주 오래되었다고 어떻게 설명할까, 일의 형세가 설핏 처음으로 감이 잡혔던 그때 이후로, 그가 존재에 대해 지녔던 지각은 뭐든 그저 존재의 이해할 수 없는 허무함을 상기시키는 지각이며, 그 자체로 세상 종말의 시간까지 무한정 반복된다는 것을 이해했다고 설명하나, 아니, 이는 우연의 문제가 아니었다, 비범한 힘이, 지치지 않고 득의만면한, 정복될 수 없는 힘이 작동하여 문제들을 낳거나 무효화시키지도 않으며 다만 오히려 어둑한, 악마 같은 의도가 개입되듯, 무언가가 일들의 핵심 속에 깊이 박혀 있어, 일들 사이를 엮고 있는 관계의 편제 속에, 그들의 의도라는 악취가 원자 하나하나에까지 배어들었다, 이는 저주였다, 지옥살이의 한 형태, 세상은 멸시감의 산물이라, 생각하기 시작하는 이의 뇌를 두드려대었다, 그리하여 그가 더 오래 생각할수록, 더 이상 생각하지 말자고 깨우치게 된 것이었다, 이것이 어딘가로 이어지는 것도 물론 아니다, 그가 어디를 보거나 그가 어느 방향으로 돌아서거나, 모조리 스며든 악취가, 거기 악취가 있었기 때문이었다, 이런 최종적인 판단 역시, 세상과 동연同延하여, 목적으로 충만하며, 허무함과 멸시감을 담고 있었고, 사상가로 출발했던 사람은 삶의 매분 매초에 허무함과 멸시감을 영원토록, 의식하고 있어야 하였다, 반대로 생각을 다 접고 단순히 사물들을 바라만 보려 해도, 생각은 새로운 형태로 돌연히 나타나니, 다른 말로, 사람이 무슨 생각을 하든지 혹은 생각을 하지 않든지 달아날 길은 없었다, 왜냐면 그는 어느 쪽이든 생각의 포로로 남아 있기 때문이었다, 그리고 악취가 그의 코를 후벼 파 죽을 맛인데, 그러니 사건들은 단순히 그들의 자연스러운 경과를 따르는 거려니 하고 자신을 달래는 길 외에 무슨 일을 할 수 있겠는가, 이렇게 엑스트레마두라에서도 되는대로 두었다, 제 좋을 대로 흐르면 흐르는 거지, 그 다음 날 바다호스에 있는 쾌활한 재단 책임자가 그에게 전화를 걸어 그 기사를 찾았다는 소식을 전해주었을 때, 그는 실은 이 기사를 찾고 있지 않았다고, 그게 다 무슨 소용이냐, 부질없다, 그에게 말할 수 없었고, 사건들이 어떻게 든 전개되는 대로 내버려두자, 어쨌거나 일이 정확하게 그런 식으로 돌아갔다, 젊은 공동필자가 쓴 기사 속에 언급되었던 작가, 무슨 페르난도 팔라시오스는 추적해내기가 쉬웠다, 이 페르난도 팔라시오스 교수의 마드리드 전화번호를 이미 확보했다고, 그렇게 전갈은 계속되었다, 그래서 이미 접촉을 시도하였으나 지금까지 큰 성과는 없었다고, 그가 타고 가는 차로 그들은 십 분마다 그렇게 알려주었다, 이윽고 통역사가 바다호스에 있는 임원의 역할을 떠맡고서는 뒷좌석 그녀 자리에서 손에 넣은 번호로 전화를 계속 넣었다, 그들이 벚꽃의 개화로 유명한 경이로운 계곡으로 다가가는 동안에, '방문객은 헤르테 지역의 벚나무들이 꽃망울 틔우기 한 달 전이라도 꼭 봐야 한다'고 권유를 하던 곳인데, 이곳에 다다를 즈음, 곧 통역사가 흥분해시 전화기를 흔들어대며 그녀가 통화에 성공했다는, 그가 '수화기 너머에 있다'는 표시를 했고, 활기찬 내화, 수많은 '시, 세뇨르'와 수도 없는 '그라시아스, 세뇨르'가 한참 뒤따라, 그 늑대 소재가 파악되었다 암시하였다, ─정말로요? 바텐더가 물었다, 그의 얼굴에 처음으로 순수한 흥미가 반짝 하고 보였다─하지만 아니, 그는 대답했다, 그들이 그 늑대를 뒤쫓아 찾아냈다는 것이 아니라, 언제 그리고 어디서 늑대가 존재했었는지 자취를 발견했다는 것일 뿐, 그러다 통역사는 팔라시오스 교수가 즉시 전화를 다시 걸 거라고 고함을 질렀다, 그가 마지막 늑대를 쐈던 남자의 이름을 알고 있으니까, 금방 알려주겠다는 것이다, 하지만 한 시간 남짓 넘어서야 차 안의 전화가 다시 울렸고, '시 세뇨르'와 '그라시아스 세뇨르' 한바탕 쏟아진 뒤, 찾았어요, 통역사는 이번에는 의기양양하게 메모지를 치켜들고 흥분으로 붉게 물든 얼굴로, 여기 이름요, 사냥꾼은

안토니오 도밍게스 찬클론이라는 사람이고, 여기 그 사람 주소와 전화번호가 있다, 그리고 그녀는 행복해하며 이미 그 번호로 전화기를 돌리고 있었다고, 그는 헝가리인 바텐더에게 설명했다, 정말로 행복해했다, 이 지점에 바텐더는 왜 그녀가 그렇게 행복해하느냐고 물었다, 그래서 그는 아마도 그녀가 마침내 도움이 될 수 있어 그저 기쁘지 않았을까 그 이유일 거라고 대답했다, 하지만 바텐더는 이해를 하지 못했다—바텐더는 전체 이야기를 잘 따라가지 못하는 것 같았다, 마치 지나치게 달달하게 통곡하던 무스타파 산달의 소리 너머로 이야기의 처음을 듣지 못하였는지, 혹은 듣지 않고서는 전체 파악이 불가능한 필수적인 단어를 대화에서 놓쳤는지, 어쨌거나 그래도 그는 계속해서 의심에 찬 토를 달거나 그가 들은 것들로만 잠깐씩 두런거리거나 했다, 그래도 사실 어떤 것도, 그의 이런 논평이 바 뒤에서 한마디도 들리지 않는 때가 순간순간 있기는 해도, 문제가 없었다, 왜냐면 그로서는 끊임없는 회화를 오로지 유리잔과 병들, 식기세척기와 차 끓이는 기계와 하고 있기 때문이었다—그러니 그가 가끔 하는 말이 뭐든지 그들에게, 그 물건들에게만 하는 그것도 오직 헝가리어로만 붙이는 말일 뿐, 그가 아니었다, 그러나저러나 다만 이 남자는 설명을 이어가, 팔라시오스 교수에 의하면, 그, 말하자면

도밍게스 찬클론이 수컷 늑대를 1985년에―1983년이 아
니라!―1985년 2월 9일에, 늑대를 쐈다고 했다, 그리고 도
밍게스 찬클론이란 인물은 카세레스 주의 아베니다 비르
헨 데 과달루페 3번지 3층에 살았다, 그 사건은 칸티야나
라 비에하, 에레루엘라 근처에서 일어났으며, 팔라시오스에
따르면, 혹은 그렇게 통역사는 흥분해서 설명했다, 비록 엄
밀히 말하면 거기는 아니지만 라 헤호사라는 이름으로 통
하는 핀카*에서―어디에서요? 정말 그 단어를 좋아하지
않는 헝가리 바텐더가 되물었다―핀카에서, 그가 말했다,
모든 것을 울타리로 막은 사유지를 부르는 지역 말이라고
했다, 전체 구역을 가시철조망으로 둘렀고, 사유지는 양치
기를 두거나 사설 경비들 혹은 둘 다를 갖추고서 지켰고,
그런 사유지를 침해하는 일은 아주 어렵다―하지만, 그는
경고조로 손을 들어올렸다, 아직은 팔라시오스 교수에 관
해서 이야기를 하자고―누구에 관해서요? 얼떨떨한 바텐
더가 물었다―다만 손놀림 한번으로 일축하고 그는 말을
계속 이었다, 이것이 우리가 차 안에서 받은 정보였다, 그
리고 그 이후로는 일이 순조롭게 풀릴 것 같았다, 우리는

---

* 핀카finca는 스페인어로 대농장, 핀크fink는 독일어로 되새, 불량배, 지저분한 아
이라는 뜻이다.

이 도밍게스 찬클론이란 인물에게 전화를 걸 것이고, 모든 것이 해결될 것이다, 물론 이 모든 일이 어떻게 진행될지, 그 당시에 전혀 짐작도 못했지만 다만 한 가지 일은 명백하긴 했다, 즉 진짜 늑대를 진짜 쐈던 사냥꾼이 진짜 있었다는 것, 그 후로 기사에서 언급된 대로, 두에로 강 이남으로는 늑대들이 없었다는 것이다, 거기에는 다만 한 가지 문제가 있었다, 전화가 금방 다시 울리더니, 통역사는 입만 벙긋거려 팔라시오스라고 말하고, 조용히 하라는 손짓을 하였다, 아무도 그때 입을 여는 사람이 없었기에 쓸데없는 동작이었지만, 운전사는 어쨌든 내내 침묵을 지켰고, 그는 자신을 가리켰다, 그냥 금방 전해들은 정보를 소화하고 생각하느라 바빴다, 좋아, 적어도 일이 어떻게 벌어졌는지, 말하자면 그러니까, 어떻게 마지막 늑대가 총을 맞았는지 알게 되겠군, 하지만 그가 이런 일말의 정보로 뭔가 손에 건지기는 할지, 이를 이용할 가능성도 영 없어 보인다, 무언가를 손에 건지지도 못하고 어떤 것이라도 어떻게든 이용할 수 없는 처지에, 하고 그는 곰곰이 생각했다, 이 정도면 되었다, 더는 미루지 말자, 결심했다, 이날 저녁 바로 그는 재단에서 나온 사람들 앞에 서서 말을 하리라… 그는 어떤 것도 쓰지 않을 것이라고 하자, 그는 글을 쓸 능력이 없으니까, 생각할 능력이 없어서 그는 엑스트레마두라에 관해서거나 마지막 늑대에 관해서거나 글을 쓸 능력도 없으니까, 특히나 늑대 이야기는 아주 그럴 듯하게 믿기긴 했지만, 그럴 것이 뒤따른 전화 통화에 좀 더 구체적으로 밝혀지다시피, 그리고 그는 목소리를 조금 줄이고 말을 끊고 잠깐 쌈을 내어 맥주를 조금씩 홀짝였다, 사실 마지막 늑대는 도밍게스 찬클론 이야기 속의 그 늑대가 아니었다, 거기 그 당시에 두 마리, 한 마리는 산티아고 데 알칸타라에 있었고 카르바호에, 사파토 강 근처에 다른 한 마리가 있었는데, 이 두 마리가 거의 동시에 '스러졌고', 둘 다 '마지막 늑대'로 치부되었다, 다른 말로 그 전체 '마지막 늑대' 운운하는 사태는 팔라시오스가 전화로 통역사에게 인정했듯이 약간의 민담 같은 속성이 없지 않았다, 우리가 체계적인 논리로만 따져 합법적인 늑대 사냥을 고려하면 도밍게스 찬클론의 경우가 공식적으로 기록된 마지막 늑대라는 것이다, 이를 넘어서는 확신에 차 맞다고 할 수 없다, 거의, 아니 아예 없다고, 통역사가 전달한 정보가 그랬다, 그런 관계로 이 문제는 적어도 그날은 그 정도에서 접었다, 그리고 그들은 도밍게스 찬클론에게 다음 날 이른 아침에 전화를 걸어보기로 그리고 거기서부터 문제들을 풀어보자고 해결을 보고 호텔에서 헤어졌다, 왜냐면, 당장은 저쪽 편에 신호만 가고 안 받는다고, 통역사가 그에게 통고했다, 그러나 내일은 반드시, 그녀는 너무 걱정 말고 안심하라는 비장한 시선을 주었고, 그 시선에 그는, 그래요, 내일그럼, 오늘 밤은 더 이상 골머리를 썩이지 않아도 되는구나, 일이 어떻게 돌아가는지 도밍게스 찬클론과 그 이야기가 어떻게 되었는지 기다리며 서 있지 않아도 된다 생각했다, 그런 일은 아무 의미가 없다는 말을 할 수가 없어서, 다만 그럼 내일, 그리고 그의 방으로 물러났어도 그는 불안으로 잠을 이룰 수가 없었다, 확실히, 내일까지 그들은 도밍게스 찬클론에게 연락하겠지, 하지만 그 다음 벌어질 일은 어떻게 한다, 곱씹었다, 아까부터 그는 이런 초대를 받아들인 자신에게 몹시 화가 났다, 적당히 때를 보아 그의 상황을 밝히지 않은 점이 더욱 화가 났다, 덕분에 일이 더욱 복잡하게 돌아가고 있으니까, 그렇게 여기 그가 있었다, 카세레스의 최고급 호텔에, 그리하여 엑스트레마두라에, 여기 있는 동안 죽 그가 엑스트레마두라에 대해서 어떤 것도 쓸 수 없는 줄을 충분히 알고서도 괜히 사람들을 쥐락펴락하면서, 그는 사기를 당할 이유가 없는 사람들에게 사기를 치고 있었다, 참으로 감명 깊은 이번 방문에 톡톡히 신세를 진 사람들인데, 이 모든 것이, 그래, 훌륭한 경험이다, 그러나 그곳의 매력이 그의 심각한 우울증으로부터 그의 마음을 달래기는 불가능했다, 그는 그것을 인정하지 않을 수 없었다, 비록 그가 엑스트레마두라에 온 지 겨우 이틀밖에 되지 않았지만, 이곳은 그 나름의 독특한 마법을 지니고 있어서, 그는 거의 완전히 그 마법에 걸려들어 있었다는 것을; 어느 정도까지는 자신의 우울증과 나쁜 양심의 가책으로, 심지어는 의식적으로 걸려들었다는 것을 인정하지 않을 수 없었다고, 그는 헝가리 바텐더에게 말했나, 예를 들자면 엑스트레마두라 자연사는 정말 경이롭더라, 특히나 데에사가 단박에 마음에 와 닿았다, 그 부드럽게 굴곡진 풍광, 토박이 상수리나무들이 좋았다, 사람들이 엔시나라고 부르는 상수리, 사철가시나무가 자라는데, 빽빽하게 좁은 땅덩이에 심은 것이 아니라—그리고 이 점이 중요하다—한갓지게 들판 위로 흩어져 서 있다, 쭉 뻗은 푸른 나뭇잎들이 서로서로 점잖게 거리를 유지한다, 건조한 날씨 탓에, 지금까지 침묵하던 운전사가 데에사 단어의 뜻을 설명해주며 덧붙인 말대로, 이곳 상수리나무들은 날씨가 가물어, 빠듯한 물로 오직 이런 방식으로 살아갈 수밖에 없습니다, 보시다시피, 그런 다음 그는 덤불숲도 안 보이고 키 작은 관목들이 부재하는 창밖을 가리켰다, 드문드문 풀이 난 희끄무레한 땅 그리고 광활한 들판에 외따로 선 상수리들, 그런 것이 데에사입니다, 아시겠지요, 그는 바로 이해가 갔다, 철렁하는 강한 충격으로 다가왔다, 데에사는 그 자신의 영혼과 흡사하기 때문에,—뭐와 흡사하다고요?! 헝가리인 바텐더가 카운터 쪽으로 활짝 웃었다—됐어요, 그가 손을 휘 내젓고 맥주를 다시 한 모금 홀짝였다, 그가 뜻하는 건 다만 엑스트레마두라는 굉장했다는 것이다, 자연 풍광 때문만이 아니라 사람들 때문에도 대단했다고, 그는 헝가리인 바텐더에게 설명했다, 이들을 묘사하는 가장 좋은 방법은 그저 좋은 사람들이란 말이다, 이 말에 바텐더는, '좋은 사람들?!' 바텐더는 미심쩍은 듯 한쪽 눈썹을 치떴다, 그래요, 그가 대답하고, 좋은 사람들, 그리고 이것 역시 아주 인상적이었다고 토로했다, 다만 이 좋은 사람들이 어떤 운명을 맞았나 알게 될 때는 어떨까 생각하면 짠하게 심란하다, 고속도로며, 교외지역 개발, 카세레스와 플라센시아에서, 트루히요와 바다호스와 메리다에서, 이런 종류의 일이 이미 얼마나 빠르게 일어나는지 목격되었고, 여기도 순식간이면 세상이 엑스트레마두라에 틈입하고 끼어들 것이다, 왜냐면 자신은 아니까, 그는 의자에서 앞으로 숙이고, 적어도 이것만큼은 기계적으로 방방 울어대는 음악소리 너머로 바텐더가 들을 수 있도록 그의 목소리를 조금 높였다, 왜냐면 엑스트레마두라라는 모든 곳이 세상 밖에 있다는 것을 알았기 때문이라고, 엑스트레는 바깥을, 저기 멀리 벗어난 바깥을 의미하니까, 아시겠지요? 그런 이유로 그 땅이나 그 사람들이나 다 그렇게 놀랍도록 멋진 것이다, 아무도 불쑥 다가드는 세상의 위협적인 근접성이 야기하는 위험을 진짜 알지 못한다, 그들은, 엑스트레마두라 사람들은 끔찍한 위험 속에 산다, 그는 바텐더에게 설명했다, 왜냐면 그들은 자신들이 어떤 곤경에 처할지, 만약 고속도로와 쇼핑센터들이 그들의 밭, 가난이 끔찍했던 그 밭에 대혼란을 일으키면, 어떤 영적 변화가 일어날지 전혀 알지 못했다. 왜냐면 전에는 어떤 모습을 하고 있었는지 사진들을 보아서 그는 잘 안다, 끔찍했다, 무서우리만치 징글징글했다, 누군가는 정말 이에 종지부를 찍어야만 했다, 그리고 그들은 이에 종지부를 찍었다, 그리고 계속 이에 종지부를 찍을 것이다, 오직 하나 끔찍이도 통탄스러운 점은 그들이 이런 일을 하는 데 한 가지 길밖에 없다, 세상을 안으로 수용하는 것이다, 그리하여 빌어먹을 생지옥을 인정하는 것이다, 때문에 모든 것이 나락으로 떨어질 것이다, 비록 그들은 전혀 알지 못했지만 엑스트레마두라에 있는 모든 것, 땅, 사람, 모든 것이 다, 저주받을 것이기 때문이다, 그들은 지식이 부족하고, 그들이 무슨 짓을 하고 있는지, 앞날에 어떤 일이 기다리는지 알아채지 못한다, 그러나 그, 그는 이를 통렬히 느꼈다, 그는 자신을 가리켰다, 그는

예민하게 이를 의식했고 그것 때문에 잠을 잘 수가 없어
다만 우아한 호텔 방에 누워 몸을 이리저리 뒤척이며 재
단에서 나온 사람들을 어떻게 마주하고 말을 하여야 하는
가 걱정하였다, 그들은 그를 이해하지 못하고 다만 무얼
할 작정으로 이러나 하겠지, 보나마나, 그는 맞는 말을 찾
지도 못했을 것이다, 그 다음 날이 밝아왔고 모든 것이 정
확하게 예전처럼 이어졌다, 그는 그들에게 말하지 않았다,
일언반구 벙긋하지 않았다, 그리고 어느새 조용한 운전사
와 차에 있었고 이미 카세레스를 벗어나 외곽으로 차를 몰
고 가고 있었다, 재단은 그 사이에—아마 밤중에?—도밍
게스 찬클론은 지금 당장은 마을 중심가 아파트가 아니라
마을 변두리 집에 머물고 있다는 것을 알아냈다, 정보가
정확해서 거기 진짜로 작고, 넉살 좋고 말 많은 사내가 있
었는데, 마당을 성큼성큼 오르락내리락 움직여 다니는 그
가 멀리서, 저 멀리 고속도로에서부터 얼핏 보였다, 그가
좌불안석으로 그들을 기다리고 있음이 분명했다, 하지만
다만, 나중에 알게 된 일이긴 하지만, 그는 이 미팅에 빠듯
한 시간만 낼 수 있는지라, 사람들이 늦을까 염려해서 그
러던 것이었다, 왜냐면, 그의 설명대로, 그는 정오에 어딘
가로 떠나야 해서 '이 짧은 짬' 이상은 낼 수 없어서였다,
다 접고 그는 바로 조금 허물어져 가는 오막살이로 그들을

이끌었다, 아주 좁다란 부엌과 단칸방으로 구성된 집이었는데, 그들이 방 안에 들어가는 순간, 그들이 마주한 것은, 커다란 어떤 유리 상자, 그 속에 마지막 늑대가, 네 다리를 쫙 펴고 전시되어 있었다, ─뭐요?! 헝가리 바텐더가 꽤 놀란 눈치로 카운터로 몸을 기울였다, 아침 한 열한 시 정도 되었을 시간, 술집에는 그들 외에 아무도 앉아 있지 않았고, 이런 때에 슈파쉬바인 전체가 텅 비었다, 그래서 바텐더는 카운터에 몸을 기대거나 무언가 근사한 횡재수를 기다리는 일 말고는 별로 할 일이 많지 않았다, 혹은 이런 슈탐가스트(단골손님)에게 귀를 기울이거나, 더군다나 이 사람은 동유럽 사람도 아니고, 어쨌거나 말쑥한 영계도 아니다, 그런 사람들이면 더 좋았을 걸, 헝가리인에게 손님이 동유럽인이라면 적어도 예쁘장한 영계라면 얼마나 달라졌을까, 아예 쫑긋 귀를 세우고 들을 텐데, 싶었다, 그래도 뭐, 이는 이럭저럭 시간은 때울 수 있을 것이다, 그러니 목을 가다듬고서 그가 무표정한 얼굴로, 생각을 드러낼지도 모를 것들을 얼굴에서 싹 지우려는 것 같았다, 하지만, 계속하세요, 말씀하세요, 그는 말로 그리고 몸짓으로 다른 이를 부추겼다─그러니까, 이런 커다란 늑대가 유리 장식장에 있었다 그런 말이죠─그리고요?─그게 전부였다, 거의 믿을 수가 없었다, 여기, 이런 작은 폐허가 다 된 집에,

거기 이런 커다란 유리 장식장이 있고 그 안에 이렇게 턱은 넓게 벌리고 무시무시한 괴물이 들었다니, 그에게 여긴 아니라는 느낌이 들었기 때문이었다, 이런 집에, 이를 어떻게 말해야 하나? 여기에, 저런 거대한 유리 장식장 안에 이 엄청나게 장엄한 표본이 있어야 한다는 것은 옳지 않아 보였다, 그 옆으로 넉살 좋은 도밍게스 찬클론이 붙어 서서는, 이 사람은, 내가 말했듯이, 바쁜 일로 서둘러야 하긴 하지만 돕게 되어 아주 기쁘다고 우리에게 말했다, 바쁜 탓에 그는 그가 이미 전에 수백 번이나 똑같이 들려주었을, 다음 번 이야기를 해줄 때도 똑같이 써먹을 언어로 곧장 이야기에 돌입하였다, 저녁을 향해 날이 지고 있던 때였다, 그는 사방에서 다 가려진 산비탈에, 몸을 숨기고 있었다, 총을 손에 쥐고, 야생수돼지나 사슴을 잡을 요량이었지만 몇 시간 동안 허탕이었고, 그가 담뱃불을 켜기 위해서 라이터의 불을 켜자, 바로 이 라이터로—그는 유리장 안 바닥에 깔끔하게 각 잡아 놓아둔 플라스틱 라이터를 가리켰다—라이터를 탁 켜다 저쪽에 번뜩 되비치는 불빛에 오싹 공포에 사로잡혔다, 거기 자신의 뒤에 삼사 미터는 넘지 않는 거리에, 늑대가 서 있었기 때문이었다, 바람을 안고 있는 늑대, 그것도 강한 바람을, 그, 도밍게스 찬클론은 완전히 고요하게, 숨까지 죽이고 있었으니, 이런 이유로 이 괴물이 그렇게 가까이 있는데도 그를 알아차리지 못하였으리라, 그러다가 라이터가, 불꽃이 탁 튀고, 그 녀석이 깜짝 놀란 거다, 사실 그들 둘 다 깜짝 놀랐다, 그도 솔직히 완전 놀라자빠졌으니까, 그런 뒤 모든 일이 믿을 수 없이 빠르게 벌어졌다, 위험을 감지한 늑대는 멀리 마구 내달리고 그가 옆걸음으로 한 열이나 열다섯 발자국 떨어졌을 즈음에 방아쇠를 당겼다, 혼비백산 갈팡질팡하느라, 그가 어디로 쏘아대고 있는지 알지도 못했다, 무턱대고 아무 데나, 그런 식으로, 단순히 공포에 질려 싸질러대었고, 똥 지리게 혼쭐이 나서, 그는 함박웃음을 지었다, 마구잡이로 총을 쏘아대었다, 하지만 맞췄다, 그래도 금방 뻗지는 않았다, 이미 한 100미터 가량 멀어지고서야 그가 심장을 정통으로 맞혔다, 유리장 앞에 웅크리고 앉아서 그리고 조용히 늑대의 심장을 가리켰다, 그래서 그들 모두, 통역사, 운전사까지 역시 쪼그리고 앉아 늑대의 심장을 바라보았다, 상처는 물론 남아 있지 않았다, 표본은 완벽하게 '복원되었다'고 도밍게스 찬클론은 설명을 덧붙였다, 그래서 거기 위대한 포식자가 서 있었다, 이빨을 드러내고 발은 쫙 벌리고, 영원토록 얼어붙어서, 그 자신의 종말의 자초지종을 똑같은 단어로, 이전에 수도 없이 들었을 말을 정확하게 똑같은 말로, 듣고 있었다, 그리고 그는, 그는 자신을 가리켰다, 갑자기 저 둘, 도밍게스 찬클론과 늑대는, 진정으로 서로에게 속해 있다고 갑자기 느꼈다, 왜냐면 거기, 늑대가 그의 사냥감을 자랑스레 가리키고 있는 사냥꾼의 자부심만 채워주고 있는 것이 아니라, 자부심이 똑같이 둘 모두에게서 뿜어져 나오기라도 하듯, 사냥꾼과 사냥감, 그들은 같이 묶인 존재들이라고 그는 생각했다, 이를 설명하는데—이 봐! 말을 자르고 바텐더가 끼어들었다, 갑자기 하대어로 바꿔서는, '당신 에스트레이쯔에 혹시 가본 적 있어?' 하고 말했다, 그리고 그는 짐짓 '아니'라는 대답이 나올 것이라 지레짐작한 탓에 마치 대답을 기대하지 않는 것처럼 그에게 실로 의심스러운 눈길을 보냈다—그 자신은, 주장하고 싶지는 않았지만, 그럼 물론 가봤지, 라고 하고는 그들이 발렌시아로 가는 길에 올랐다는 말로 뒤를 이었다, 이제는 운전사만이 아니라 통역사도 침묵을 지키고 있었다, 그녀는 아마 도밍게스 찬클론 방문 건으로 지친 모양이었다, 어쨌거나 차 안에 깊은 침묵이, 유쾌하고 유익한 침묵이 흘렀다, 그리고 그 역시 다음 여행지를 볼 마음의 준비를 했다, 그러니까 실제 현장을 둘러보겠다는 그런 이유로, 지금 그들은 카세레스에서 발렌시아 방향으로 차를 몰아가고 있었다, 50킬로미터가량 가다 보면 있다는 칸티아나 데 비에하라는 이름의 핀카에 들어가는 출구를 찾아서—뭐요? 바텐더가 그에게 사나운 눈길로 쏘아보았다, 그 단어가 무슨 뜻인지 해줬던 말을 잊어버렸기 때문이었다—핀카라는 단어, 알죠, 그가 사냥터 관리인 혹은 사설 경비원들이 지키고 있는 땅이나 대지라고 설명했다, 전체 산을, 전체 시에라 데 산 페드로를, 아무튼 찾아가던 산 이름이 그런데, 커다란 사유지처럼 전체를 빙 둘러 울타리를 쳤다, 이해하겠지요—예 물론 저는 이해합니다, 바텐더는 행주를 카운터에 세차게 내려치고 쏘아붙였다—오래지 않아 그들은 핀카에 도착은 했다, 하지만 가려던 칸티야나 데 비에하가 아니었다, 거기는 자동차로 접근이 불가능해서, 이웃한 칸티야나 데 누에바에 대었고, 주차 공간이 있어서 거기서 안을 향해, 한 200미터 너머 서 있는 집을 향해 낼 수 있는 한 가장 큰 소리로 고함을 질렀다, 마침내 누군가 어기적어기적 밖으로 살피러 나와 보았고, 이름이 알프레도라고 하는 사유지의 양치기가, 우리가 여기까지 무슨 일로 올라왔나 하는, 통역사의 설명을 처음에는 못 미더운 태도로 듣고 있다가, 이웃한 칸티야나 데 비에하를 가리키며, 저기가 그들이 가고자 하는 데라고, 저기가 늑대 사냥이, 그러니까 로베리아가 일어난 데라고 말하고서, 그것도 이제 한참 되었는데, 그런데 왜? 기억하세요? 통역사가 물었다, 그러자 물론 기억하지, 하고 그는 천천히 고개를 끄덕이며 대답했다, 곧 그들은 알프레도가 아는 내용은 모조리 전해 들었고, 알프레도는 끝으로 그들을 이해시키려 모래에 지도까지 그려가며 어디에 각종 핀카들이 놓였는지, 옛날 철도가 어디로 지났는지, 이들을 기준으로 대비對比하여, 늑대와의 모험담이 어디서 벌어졌는지 설명해주었다, 그는 그 일에 관해 많은 것을 알고 있었다, 혹은 적어도 그의 입장에서의 기억을 많이 간직하고 있어서, 시간의 경과에 따라 확고하게 굳어진 자신의 시각에서 전해주었다, 벌써 20여 년이 지난 일이다, 하지만 알프레드는 어제 일어난 일마냥 느껴진다, 왜냐면 당시에 그 일이 유일한 대화 주제였으니까, 이윽고는 그 자신도 그 늑대를 보았다고 으스대었다—그래요, 내가 봤어요, 늑대를, 늑대를 봤다니까요, 라고 되풀이하더니—다만 한 가지 문제가 그들이 실제 장소를 보고 싶어 하는데 별 도리가 없다, 펠릭스가 하필 여기 없어서, 펠릭스? 예 펠릭스, 이웃 사유지 양치기, 그가 더 자세한 내막을 막 설명하려는 순간 다 낡아빠진 차가 끼익 소리를 내며 그들 앞에 멈춰 섰다고 슈파쉬바인의 바텐더에게 그는 말하였다, 그리고 알프레도는 도로로 달려나갔고, 몸을 숙여 차의 창문에 기대어 몇 마디를 운전하던 사람에게 건네었고, 그러다 알프레도는 쌩 멀어지는 차의 뒤꽁무니를 가리키며, 펠릭스,

저 사람이 펠릭스예요, 하지만 그가 지금은 당신들 만나 안내할 여유가 없노라고, 할아버지가 영 몸 상태가 좋지 않다는 말을 전해 들었다고, 그래서 에레루엘라에 가서 보고 할아버지를 병원으로 모셔갈 거라고 하였다, 하지만 그는 내일 아침 열 시에 사유지 입구에서 당신들을 만나 겠노라 약속을 했다고 하였다, 통역사가 열 시라고 하셨지 요? 확인차 묻자 네, 펠릭스는 틀림없이 나타날 테니, 여러 분들이나 여기 그때 확실히 오기나 하시오, 알프레도가 내 답했다, 그런 식으로 그들은 헤어졌다고 그는 바텐더에게 설명했다, 하지만 시간이 겨우 오후 두 시밖에 되지 않았 다, 무슨 말이냐 하면, 흥미를 가질 지도 모를 누구 다른 사람을 만나기까지 시간이 많이 남는다고 통역사가 말했 다, 그리고 그녀는 그들에게 바다호스 센터에서 시에라 늑 대들의 역사에 정통하거나 관심 많은 사람들 다수의 소재 를 확보했다고 말했다, ─혹시 교수님만 좋으시다면─그 런 사람 중 하나를 알부르케르케에서 네 시에 만날 수 있 다, 거기는 여기서 그리 멀지 않다고 운전사가 언급했고, 그거 좋다, 그가 대답했다, 그럼 알부르케르케로 같이 가 보자, 그리고 알부르케르케까지 그들은 사람을 만나러 갔 다, 바로 사냥터 관리인─사냥터 관리인요? 사냥터 관리 인이에요, 통역사가 고함을 질렀다, 그를 향해, 즉, 그는 슈파쉬바인에 있는 자신을 가리켰다, 지른 고함이었다, 무슨 사냥터 관리인요? 그가 도로 물었다, 왜냐면 그는 통역사가 무슨 말을 하고 있는지 못 알아먹어서, 그 사람요, 우리가 만날 사람요, 그녀는 조금은 조바심을 내며 대답했다, 셋째 날의 중반이 되어, 거의 이해를 못 하고 쉬지 않고 되물어오는 손님을 응대하느라 성가신 마음 언저리를 다 숨기지 못해 약간 짜증이 섞였다, 하지만 어찌 되었건, 그녀는 입을 삐죽 내밀고, 요점은 이 사냥터 관리인이 알부르케르케의 식당에서 네 시에 우리를 기다리고 있을 거예요, 이러면 도움이 될까 하는 희망에 그녀는 자신의 목소리를 한층 더 높이며 말했지만 그 즈음에는 불필요한 일이었다, 그가 무슨 말인지 따라잡고, 그러니까, 만나기로 한 사람이 있는데, 그래서 알부르케르케로 가고 있고, 그 사람은 사냥터 관리인이다, 이해했기 때문이었다, 사람들이 말하길, 이 관리인이 진짜 이 고장을 샅샅이 알고 있다고, 통역사가 계속했다, 그 사람 전문 분야가 늑대 다-루-는-일-이라고 발음을 또박또박 길게 늘여 강조를 하였다, 늑대에 훤해요, 늑대에 훤하다고요? 그가 다시 질문으로 반응했지만, 바로 그도 알아들었다는 뜻의 몸짓을 해보였다, 그는 이해가 되지 않아서 그녀의 단어들을 반복한 것이 아니라 그런 표현에 함축된 중요성 때문에 반복한 것이니까,

알겠지만, '그는 늑대에 훤하다' 같은 구절은, 그런 상황에서, 차례로 도밍게스 찬클론, 알프레도와 펠릭스를 만난 바로 뒤에, 뒷자리에 통역사를 두고 입이 무거운 운전사는 옆에 두고 있자니, 유별나게 짜릿한 흥분이 동하더라고, 그는 헝가리인 바텐더에게 말했다, 그래서 그는 고양된 기대감에 다가올 시간을 고대하기 시작했다, 얼마나 기대감을 품어야 하나 모른 채 고양된 기대감, 그때까지만 해도 그런 건 아예 그에게 떠오르지도 않았으니까, 솔직히 시인하지 않을 수 없다, 그는 바텐더에게 고백했다, 지금부터 이야기가 근본적인 급격한 전환점에 도달하고 있음을 그는 조금도, 전혀 느끼지를 못했다, 왜 자신이 이런 처지의 운명에 처했는지 설명이 될지도 모를 전환점, 여기서 그가 무엇을 찾고 있는지 말해줄지도 모를 변곡점, 어느 면에서 재단과 어색한 상황을 타결하는 데 도움을 줄지도 모르는, 그런 충격적이고 엄청난 갈림길, 그는 전혀 아는 바도 없고 미리 내다볼 수 없는 변환점이었다, 알부르케르케는 스산한 느낌의 마을로 거기 들판의 한중간에 거대한 봉우리의 꼭대기에, 말 그대로 걸터앉아 있었다, 이제 그들은 그 봉우리의 중턱을 올라가고 있었고 호텔 앞에 곧 주차를 하고, 사람이 거의 없는 휑한 식당에 들어섰다, 얼마 없는 사람들은 식당 내 탁자보다는 대부분 바에 있었다, 그래서 그들은 바에서 기다리기로 결정하고, 커피, 물 한 잔 그리고, 맥주를 시켰다, 그들 세 명은 조용히 그들의 음료를 홀짝였고 통역사는 대화를 터보려고 말문을 열었지만 아무도 그리 말을 하고 싶지 않아서 그렇게 그들은 한동안 침묵 속에 앉아 있었고 생각들이 그의 머리에 퍼져가기 시작했다, 하지만, 먼저 밝혀야 할 것이, 그가 보통 의미하는 '생각에 잠겼다'라는 말은, 주의 집중 상태라는 말에 더 가깝다, 그가 진짜로 주의력을 집중하고 있다는 말이 아니라 말이 그렇다는 것이다, '집중'이라는 용어는 오직 그가 집중하고 있는 것처럼 보이는 형세를 가리키는 말이니까, 그런 때 진짜로 '집중'하는 겉모습의 이면은 서로 뒤를 쫓는 꼬리잡기 게임이다, 한심하게 일상적인 생각의 파편들과 심란한 연속의 심적 이미지들이 차례차례로 꼬리를 물며, 그를 괴롭히기만 하는데, 집에서도 늘 그런 식으로 지낸다고 그는 말하고, 슈파쉬바인의 창문 밖 거리 쪽을 가리켰다, 알부르케르케에서도 이와 다르지 않았다, 잠시 동안 그렇게 그냥 한 가지 일상적인 일에서 다른 일로, 단순한 집중의 파편들이 꼬리를 물고 지나가는데, 정확하게 네 시, 사냥터 관리인이 들어섰다, 키가 크고 다부진 쉰셋 혹은 쉰넷의 남자로 곧장 우리에게로 건너와 호세 미구엘이라고 자신을 소개했다, 완전히 사냥꾼의 복장을 갖추고,

코에 금속테 안경을 얹고, 수염이 무성했다, 어느 정도 군인 같은 팽팽한 태도에 심각한 멜랑콜리가 동시에 감지되지만 모두 합치자면 남성적인 모습을 풍기는 사내였다, 입을 열면 문장들이 짤막했고, 길거나 짧은 침묵을 그 문장들 사이에 덧붙여 넣었는데, 이런 침묵은 문장들 자체만큼이나 중요한 의미를 전달했다, 왜냐면 무슨 말을 할지 모든 발언을 신중히 고른 뒤 뱉었기 때문이었다, 이런 인상이 첫눈에 들더라고, 그는 슈파쉬바인의 바텐더에게 설명했다, 정오에 가까워 가게에 첫 손님이 새로이 막 들어왔다, 말하자면 이른 새벽 개점 시간에 맞춰 밀려든 손님의 물결들이 사라진 후에 다시 온 손님이었다, 중앙로의 위쪽이 지역 대중적인 술집들이 다 그렇듯이, 다인종 지역, 아니 오히려 압도적으로 터키인이 많은 곳이긴 하지만 전부가 다 터키인들은 아닌지라, 아침 시간에 술을 제공하는 얼마 안 되는 바들은 이런 동틀녘에 문을 열면 독일인들, 폴란드인들, 러시아인들, 세르비아인들, 루마니아인들, 베트남인들과 아무도 모를 국적의 사람들로 북적였고, 커피 한 잔 혹은 맥주 한 잔을 꿀꺽 마시고는 뿔뿔이 흩어지고 나면, 그래서 술집은 나머지 아침나절에 텅 비었고, 이런 점이 이 특정 슈탐가스트의 마음에 들었는지도 모른다, 바텐더는 카운터에 가지런히 정돈된 유리잔에 대고 헝가리어로 낮게 투덜거렸다, 왜냐면 그는 항상 여기 볼 일이 있든지, 없든지 간에, 죽치고 있으니까, 그, 바텐더는 그가 오는 일에 크게 신경 쓰지 않았다, 저 남자가 하는 일이라곤 하루종일 둘 혹은 세 병의 맥주를 마시는 일이기도 하지만, 그 말인즉슨 그, 바텐더가 완전히 혼자 있지 않아도 되었다, 빌어먹을, 혼자서 하염없이 기다리는 일보다 더 끔찍할 것도 없다―때로 거기 하소연할 사람이 있으면 그렇게 불평을 했다―일단 모든 설거지와 카운터에 물건들을 들었다 놓았다 한 백번 재배치하고, 뒤편 광을 정리하는 일은 말할 것도 없이 다 마치고 난 뒤 바 뒤에서 홀로 기다리며 우두커니 서 있는 일보다 나쁜 일도 없다, 그렇게 모든 것이 제자리에 있으면 기다리는 일 외에 할 일이 없다, 그래, 그런 때에 이 독일인이 아침의 술집을 든든히 받쳐주고 있는 일은 좋은 일이었다, 게다가 그의 커다란 덩치가 거리를 배회하다 접어드는 젊은 터키인 꼬맹이들을 겁주어 쫓는 역할도 톡톡히 했다, 분명 학교에 있거나 일자리에 있어야 하는 놈들인데 나쁜 일만 꾸미고, 계속 안을 기웃거리며, 주인도 바텐더도 터키인이 아니면, 이 장소를 그냥 다 때려 부숴 버리겠다, 그러고는 현금등록기 쪽을 노려보다, 이 거인을 턱 발견하고는 자리를 뜨니까, 다른 말로, 그가 동부 유럽인도 아니고 예쁘장한 영계가 아니더라도 참아주었다, 그리고 뭐라 해도 여기는 자유국가 아닌가, 그러니, 당신은 들어올 수 없소, 말할 수 없다―그러니 그는 거기 앉아 카운터에 팔꿈치를 괴고 들었다, 공교롭게도, 사냥터 관리인이 서두로 알부르케르케 근처 늑대들의 일반적인 사실들에 관해서 이야기해주는 대목이었다, 이 관리인은 어떤 질문에도 대답은 회피하고선, 그는 그 지점에 일단 닿으면 다 대답을 해주겠다고 약속하였고, 그를 향해, 그는 자신을 가리켰다, 미소를 짓더라, 미소라, 처음에는 조금 어정쩡하게 못 미더웠지만, 조금 지나다 보니 걱정하지 마라, 그, 호세 미구엘, 사냥터 관리인은 그들에게 꼭 보아야 할 모든 것들을 보여주리라, 확신이 스몄다, 마치 자신에게 맡겨라, 그는 자신을 가리켰고, 어느 깊이까지 이 거대한 이야기를 파고들건지 다 자신에게 달렸다라는 느낌이 들도록 차근하게 설득하는 것 같았다―잠깐만, 이해가 안 되네, 바텐더가 불쑥 끼어들었다, 그가 또 무슨 대단한 이야기를 해준다는 거냐, 금방 나온다, 손을 저어 그는 잠깐 기다리라 신호를 보냈다―그래서 그들은 모두 지프에 타고 출발했고 그 지점을 향해 길을 떠났다, 거기가, 그는, 호세 미구엘은 지프의 소음을 이기고 고함을 질러야 하는데, 차를 몰다가 가끔은 그를 똑바로 바라보고 말을 걸었다, 마지막 늑대가 스러진 지점이다,―스러져요?

날카롭게 되물었다, 그리고 통역사에게 이를 명확하게 밝혀달라고 급하게 손짓을 했다—그렇소, 관리인은 걸걸하고 간결한 태도로 대답했다, 거기가 지금 우리가 가는 데입니다, 마지막 늑대가 스러진 곳, 하지만 그 전에 먼저 우리는 마지막 늑대들이 총을 맞은 곳을 보러 갈 겁니다,—뭐요, 한 마리가 아니고? 그는 몸 전체를 비틀어 그녀를 마주 보았다, 그리고 뭐라—헝가리인 바텐더도 마지막 늑대들이라고요? 되풀이했다—그 사람 무슨 말을 하는 것이냐, 어리둥절하여 그는 뒷자리의 통역사를 바라보았다, 그러자 그 수컷 늑대, 도밍게스 찬클론의 집에 가서 보았던 늑대는, 진짜로 마지막 늑대가 아니라고 전했다, 그 사건이 일어났을 때가 1985년, 그의 기억이 맞다면, 그해 2월이었을 거라고 관리인이 말했다, 하지만 그 뒤로, 호세 미구엘은 스타카토로 딱딱 끊은 스페인어로 강세를 두며, 라 헤호사 핀카에서 한 떼의 늑대가 몰살당했다, 정확하게 1985년과 1988년 사이에, 그리고 그 지점에 그들은 갑자기 속도를 늦추고 부지에 딸린 출입구 문간채 안으로 접어들었다—그러고 나서요? 바텐더가 물었다—그런 뒤 사슬이 걸린 대문을 풀었다고 그는 대답했다, 그 위에 라 헤호사라고 적힌 청동판이 있었고, 문을 활짝 열어젖혀 두고, 사유지 안으로 차를 몰고 들어간 뒤, 문을 다시 걸어 잠그느라 아주 잠깐 멈추고 계속 갔다, 그리고 그들이 그 당시 본 광경은, 그는 목소리를 낮췄다, 상상도 못할 것이고, 말로 형용하기도 힘들다, 그들이 좌우로 흔들거리며 지프에서 본 것은—호세 미구엘이 정신 아찔하게 엄청난 속도로 차를 몰아서 꽉 붙들고 있어야 했는데—그들 눈앞에 열리는 풍광은, 이 데에사, 풀로 덮인 평야였다, 그리고, 눈이 닿는 아주 서 멀리까지, 사방으로 상수리나무들이, 어떻게나 많이 흩어져 있던지, 그들의 숨이 턱 막힐 지경이었다, 이게 분명 관리인이 노린 일이리라, 그는 그들이 말문이 막혀, 그들 앞에 펼쳐지는 광경 속에서 자연을 음미하도록 기다렸다, 그리고 이는 그들이 직면해야 할 일종의 사전 테스트인지도 몰랐다, 방문객들이 진짜로 그들이 어디에 있는지 이해하나 엿보려는 관문을 그는 카운터에 몸을 기대고 말했다, 그들은 틀림없이 통과했던 모양이었다, 왜냐면 호세 미구엘이 다시 말을 시작했기 때문이었다, 그들에게 그 장소에 관해, 독수리에서 사슴까지 거기 살고 있는 동물들에 관해 들려주었다, 한편으로 지프는 울퉁불퉁한 대지를, 호세 미구엘이 용케도 엄청난 속도로 몰고 가는 동안 양쪽으로 격렬하게 흔들거렸다, 딱히 길도 없었고, 덤불 듬성듬성한 도랑을 거치는 고르지 않은 지형이라, 그래서 통역사도 머리를 지프 천장에 찧지 않으려고 바쁘게 용을 쓰지만, 몇 번이고 머리를 쩔었고, 그러면서도 이 불쌍한 사람은 이제는 소음 때문에 호세 미구엘이 무슨 말을 하는지 계속 떠나가라 고함을 질러야 했다, 그리고 호세 미구엘이 막 하던 말이, 원래는, 그가 야생동물을 다루는 회사에서 일을 하던 젊은이였다, 그의 관심사는 독수리에게 있어서, 모든 사람들이 그는 독수리와 특별한 친밀감으로 연결되어 있다고 알았기에 회사는 그에게 독수리와 관련된 일은 일임했다고 했다, 즉 그는 그들의 언어를 알아듣고, 그들의 필요와 그들의 감정을 이해했고, 독수리들도 또한 그를 이해했다, 독수리와 친밀성에 그와 견줄 만한 인물은 없었다, 그들에 대해 사랑과 존경의 감정이 들었고, 그는 그들을 장엄한, 지고한 동물로 여겼다—뭘로 여겨요? 그가 다시 뒤로 기대며 물었고, 속도를 내고 있는 지프 안에 좌우로 부딪치는 동안에 양손으로 머리를 가리느라 바쁜 와중에 통역사는 한껏 목청 높여 반복했다, 지-고오-한 동물이라고요—하지만 호세 미구엘은 금속테 안경 너머로 그에게 의미심장한 시선을 잠깐 주고, 계속해서 그러다 한 여인이 그의 삶에 들어왔고 그래서 한편으로 독수리, 다른 한편으로 그 여인 사이에서 선택의 기로에 서게 되었다고 설명했다, 그리고 독수리에 우선하여 그 여인을 선택했는데, 금방 이 선택을 후회했다, 하지만 독수리에게 돌아갈 길은 없었다, 그래서 이쪽으로 옮겨 몸담게 되었다, 원래 여긴, 그는 지프차 문을 통해 가리켰다, 열 명 남짓한 관리인이 돌보고 있었는데, 하지만 최근에 수가 둘로 줄어, 여기 수천 헥타르의 보호구역에 즉 그 자신과 나이 많은 동료, 그의 상관만 남았다고 호세 미구엘은 말했다, 처음에는 그가 여기서 동물들에게 이름을 붙였더랬다, 예를 들어 여우 한 마리에게 라미로라고 붙이고, 다른 한 마리는 아순시온이라고 불렀고, 헤수스라는 이름의 노루 수컷이 있었으며, 인마쿨라타라는 이름의 새끼 사슴이 있었고, 그런 식으로 붙여나가는데 그러다 한 무더기 부유한 사람들이 마드리드에서 내려왔다, 그런 종류의 사람들은 항상 어떻게든 사냥 허가를 얻었고, 그는 차로 그들을 이 주변으로 안내해주어야 했다, 그리고 이 사람들이, 이 사람들이, 하고 호세 미구엘은 되풀이했다, 처음에 라미로를 쏘고 다음에 아순시온을 쏴 죽이고, 그러고는 인마쿨라다를 쏘고 그리고 마침내 헤수스 역시 쐈다, 그는 이런 일을 받아들이기가 너무 힘들어 동물들에게 이름 붙이는 것을 중단하게 되었다, 하나 또 하나 계속해서 누군가를 잃는 일은 매우 고통스러우니까, 이 지점에서 관리인은 그에게 또 다시 의미심장한 시선을 주었다고, 그는 바텐더에게 말했다, 그의 안경알이 빛 속에서 번뜩거려, 그의 눈을 볼 수가 없기는 했지만, 어떤 경우에도 일련의 출입구 가운데 또 하나의 출입구로 다가가는 지프에 내던져지지 않기 위해서는 꽉 붙잡아야만 했다, 그러나 이번에는 그가 자신의 손을 내밀었다, 왜냐면 그래야 시간을 벌 수 있기 때문이었다, 알겠지요, 호세 미구엘은 그가 문을 열고 잠그는 것을 도와준 것에 대해 감사하면서 그에게 말했다, 우리가 모든 것을 보고 싶다면 서둘러야 한다고, 왜냐면 네 시 반은 넘었을 것이고, 그렇다면 빠듯하게 한 시간 반 혹은 그마저도 안 되는 시간밖에 없기 때문이었다, 그래서 그들은 차에 다시 자리잡고 길 없는 거친 풍광 속으로 속도를 내었다, 그는 에덴동산이 따로 없다고 한마디 했지만, 호세 미구엘은 달리 대답은 하지 않고 무슨 생각이 드는지 이해한다는 뜻으로 이쪽을 향해 고개만 끄덕였다, 그렇게 한동안 침묵 속에 몰아가던 차가 날카롭게 브레이크를 잡고 멈췄다, 호세 미구엘은 밖으로 나갔고, 나머지 사람들도 뒤를 따라 나갔다, 그는 처음에 나무 한 그루를, 늘어선 많은 상수리나무들 사이에서 한 나무를 가리켰고 그런 뒤 그리 가파르지 않은 비탈 방향으로, 희미하게 간신히 구별이 가는 길, 오솔길 이상은 되지 않을 발길이 닿아 생긴 샛길을 가리켰다, 그들에게, 딱딱 끊는 평소 목소리로 저 나무다, 1985년과 1988년 사이 아홉 마리 중에 일곱 마리를 죽였던 남자가 저 나뭇가지에 앉아 있었다고 말했다, 그들을 한 마리 한 마리 죽이는 데 족히 3년은 걸렸다, 아아, 안타깝게도 늑대들은 알 수 없는 이유로 특히나 이 길로, 그는 길을 가리키며 말했다, 고집해서 옮겨 다녔다, 그 사람이 그들을 한 마리씩 차례로 그렇게 쉽게 살해할 수 있었던 이유였다 — 살해요? 그가 살해라고 했어요? 그가 통역사에게 물었다, 이런 경우에 할 제 역할이 뭔지 제껴 내다보고서, 관리인이 스페인어로 실제로 그 단어를 사용했는지 재차 확인하는 말인 줄 알고서 그렇다, 여기서 늑대들을 살-해-했-다고 그녀는 영어로 되풀이했다 — 일곱 번째 죽음 이후, 호세 미구엘은 계속해서, 당연히 그 남자는 점차 겁이 나서 그 몇 년을 끊임없이 이어지는 공포 상태로 살았다, 그러니까 나무에 걸터앉아 있는 동안, 달리 말하자면 밤이면 여기로 와서 나뭇가지 사이에 자리잡고 앉아서 그 길로 내려오는 늑대들을 관찰하던 때만이 아니라 아침이 되어 그가 집으로 갈 때도, 집에 있을 때도 겁에 질렸고, 술집에서도, 친구들에게 둘러싸였을 때도 그랬다, 하지만 살육은 윗사람의 명령을 받았으니 고분고분하게 굴지 않을 수 없는 노릇이었다, 그는 전문 늑대 사냥꾼, 그 사람들 말로 로베로였고, 이 땅의 주인은 최고의 사냥꾼만 원한 관계로 그가 뽑혀 고용이 되었으니까, 그 사

람 정말 최고였는데, 호세 미구엘은 말했다, 그냥 두려워진
것이다, 그 사람이 나중에 한 말을 보면, 늑대가 거기 있을
때 가장 절실히 두려운 게 아니라, 아직 도달하기 전의 시
간이 두렵다고, 늑대들이 내려와 도착할 조용한 사잇길 외
에 아무것도 안 보일 때가 두렵다고 했다, 당연히 그 무리
는 조심성이 더욱 늘어가는데, 죽음이 하나씩 늘 때마다
더더욱 조심성이 늘어가는데, 하지만 어떤 이유에서인지
이따금씩 그들은 그 오솔길을 계속 이용했다, 이 사내는
끈기가 남달라서, 그렇게 집요하게 거의 3년 동안 매일 밤
을 그 나뭇가지들 사이에 앉아 보냈다, 그리고 그가 늑대
일곱 마리를 기어이 쏘아 죽이기는 죽였지만, 마지막 두
마리는 아니었다, 왜냐면 마지막 일곱 번째를 나무에서 쏴
살해하고 나자 나머지 두 마리는 더 이상 그가 지키고 있
던 그 길을 따라 지나다니지 않았기 때문이었다, 그래서
비록 그 사내는 밤이면 밤마다 밖에 나가, 아주 오랫동안
거기 나가, 매번 저 나무에 자리를 잡고 있었지만 결국 포
기할 수밖에 없었다, 땅주인이나 이웃한 핀카의 주인들이
참을성을 잃고, 그가 로베로썩이나 되어서 마지막 두 마리
를 끝내지 못한다며 그에게 화를 내었다, 사실 그들에게
중요한 문제는 그때까지 늑대 떼가 인근에 불러일으키던
공포가 아니라 남아 있는 두 마리 늑대들이 때때로 나이

든 병든 양이나 염소들을 공격하였기 때문이었다, 늘대 사냥꾼에게 주인들은 그렇게 비롯된 손해에 대해 비난과 불평을 쏟아붓기 시작하였으나 그도 손쓸 도리가 없었다, 왜냐면 나머지 두 마리는 아주 영악해져 그는 두 번 다시 이들을 보지 못했다, 아니 오랫동안 어느 누구도 보지 못했다, 거기 가끔 보이는 흔적이 전부였다, 비범하게 위험에 경계히도록 내몰렸으니, 이를 모를 수가 없었다, 오직 그들 둘만 원래 무리에서 남았기 때문에 이들 둘이 사람 눈에 띄기라도 한다면 무엇이 기다리는지 정확하게 알았기에, 그래서 그들은 끊임없이 다니는 길을 바꾸었다, 거리가 먼 산 페드로까지도 몸을 숨기기 좋은 곳으로 먹이를 찾아 언덕들을 내려가야 한다면, 아래 풀을 뜯는 양떼 곁으로 다가가야 한다면, 그들은 더욱 조심스럽고, 영리하고, 약삭 빠르면서도 더욱 용감하게 처신했다, 하지만 결코 그곳을 뜨지 않았다, 이건 그 당시에 늘대의 이야기를 아는 사람들 모두 이해하기 어려운 점이었다, 왜냐면 사람들은 그렇게 영민한 동물이니 어디 다른 데로 옮겨가리라 점쳤기 때문이었다, 하지만 그들은 그곳에 머물렀다, 왜냐면, 아시겠지만, 다시 지프로 출발하면서 말했다, 원래 늘대가 그런 식으로 생겨 먹었다, 늘대는 한 지역을 일단 자신들의 영역으로 삼고 나면 영원히 거기 머문다, 그들이 이곳의 주인이노라, 저기 50헥타르까지 내 영역이로다 주장을 하면, 그리고 나면 그들은 이를 떠날 수 없다, 왜냐면 그게 그들의 법이다, 늑대의 법, 그런 천성을 안고 살아간다, 그런 이유로 결코 떠나지 않았다, 그들은 떠날 수가 없었다, 지속적인 위험을 의식한다고 해도, 그들이 자신의 영역을 떠나는 일은 불가능했다, 계속해서 경계를 표시하고 다니는 자신들의 영역을 떠나다니, 못 한다, 그들에게는 불가능했다, 게다가 그는, 호세 미구엘이 자신을 가리키며 말했다, 그는 늑대들의 법칙은 상당한 자존심으로 이뤄졌다고 전적으로 확신하였다, 그러니 적어도 부분적으로, 그들이 떠나는 걸 가로막는 것이 자존심이라고 가정해도 무방할 것이었다, 왜냐면 늑대들은 아주 자부심 높은 동물이다, 자부심으로 똘똘 뭉친, 그는 단어를 거의 토하듯 내뱉고는 조용히 앞만 바라보며, 한마디도 하지 않은 채, 그래서 아무도 그를 방해하지 않았다, 왜냐면 무언가가 ─그는 헝가리인 바텐더에게 말했다, 바텐더는 한참 전부터 눈을 감고 갈수록 묵직하게 카운터에 기대고서 텅 빈 술집에 슈탐가스트의 단조로운 목소리를 듣고 있었다 ─ 무언가 호세 미구엘에게 일어났다, 통역사도 그가 뱉은 말에 이만저만 동요되는 게 아닌 모양이었다, 물론 그 말들이 영어 통역으로 오롯이 전달되지 않더라도, 그 사내의 심중에 무언가

변화가 일었지만, 이런 조화 속은 이방인들에게 보여주고 싶어 하지 않는 것 같았다, 이런 이유로 하던 말을 멈추고 운전만 하며 묵묵히 앞만 보고 있었다, 그의 손은 운전대를 꽉 그러잡고 있었고 고르지 않은 땅을 휘청거리는 지프가 이리저리 그들을 사납게 내던져, 모든 사람들이 단단히 매달리고는, 신경을 곤두세우고, 호세 미구엘이 계속 이야기하기를 기다렸다, 하지만 다시 입을 열기까지 한참이나 걸렸고, 그렇다고 하더라도 질문에 대답만 하는데, 그가 던진 질문이 아니라, 통역사가 스페인어로 묻는데, 묻기만 할 뿐 통역은 하지 않은 질문이라 그는 그들이 무슨 이야기를 나눴는지 알 수가 없었다, 다만 통역사가 열심히 고개를 끄덕이며 공감하고 있다는 건 알긴 알겠지만, 역시나 통역은 해주지 않았고, 호세 미구엘도 덩달아 계속해서 점점 더 빠르게 말을 쏟아내는 것이다, 그가 참다못해 그녀에게 안달난 시선들을 던지기 시작하고서야, 그녀가 마침내 그가 그저 늑대에 관해 이야기하고 있었다고 설명하더라고, 그는 말했다, 그저 일반적인 늑대에 관해 말하더라, 늑대의 성격에 뭔가 신묘한 점이 있다, 그리고 그녀 말투에 놀라 그는 뒤를 돌아보았다, 왜냐면 그녀 목소리가 이전과는 사뭇 달랐기 때문이었다, 뚜렷하게 떨리는 목소리라, 그는 그녀에게 무슨 일이 있었는지 묻고 싶었다, 관리인이 무슨 말을 했기에 저렇게 뭉클해서 먹먹해 하는지, 하지만 묻지는 않고 그냥 그녀를 바라보다가, 도로 호세 미구엘에게로 눈길을 돌렸다, 그리고 마침내, 통역사는 떨리는 목소리로 고래고래 고함을 쳤다, 그들에게 결코 실망한 적이 없었고 절대 그러지 않을 거라고 했어요, 그런 뒤 호세 미구엘은 무언가 중요한 다른 할 말이 있다고 미리 알리려는 듯이, 운전대에서 한 손을 들어 올리고, 어쨌거나 마침 물에 씻겨 내려간 돌바닥 개울을 건너고 있기도 해서, 조금은 지프의 속도도 늦추었고, 엘 아모르 데 로스 아니말레스 에스 엘 우니코 아모르 케 엘 옴브레 푸에데 쿨티바르 신 코세차르 데셍가뇨*라고 말했다, 통역사가 영어로 통역한 대로, '동물의 사랑은 인간이 결코 실망하지 않고 키워갈 수 있는 유일한 사랑이다', 그녀의 목소리는 여전히 떨렸다—그래서 그게 다 무슨 말이요, 카운터 뒤에 있던 바텐더가 졸리는 머리를 조금 들어 올리고 물었다, 이 물음에 그는, 흠, 그건 차차 나중에 알게 되었다, 대체 어떻게 일이 돌아가고 있는지 말끔하게 다 통역해주지 않다 보니 그 자신도 그 당시에 무얼 두고 이러나 이해할 수 없었다고

---

* "El amor de los animales es el único amor que el hombre puede cultivar sin cosechar desengaño", 동물의 사랑은 인간이 결코 실망하지 않고 키워갈 수 있는 유일한 사랑이다.

말했다,─사실 그는 통역사에게 괘씸한 마음이 들었다, 여기 지프 안에서, 그녀와 관리인 사이에 대화가 샘솟고 있는데 그는 여기서 완전히 배제된 것처럼 보여서였다, 정말 그렇게 무시당하고 있었지만, 다행히 아주 오래 가지는 않았다, 그들은 곧 언덕바지에 도착하였는데, 거기 버려진 집이 서 있었고 호세 미구엘은 브레이크를 밟아 지프를 세우고 그들 셋 모두 내렸다, 호세 미구엘은 이제껏 한 말을, 전부 요약을 해드리자면, 그래서 마지막 늑대는 옛날 1985년 칸티야나 데 비에하에서 총을 맞은 녀석이 아니란 점은 절대적으로 분명하다, 마지막 늑대의 이야기는 여기 칸티야나 데 헤호사에서 벌어진다, 로베로의 도움으로 한 무리를 절멸시켰던 대단한 늑대 사냥이 시작되었다, 정확하게 아홉 마리, 하지만 로베로는 오직 일곱 마리만 죽였다, 그래도 남은 두 마리는, 어린 암컷과 한참 꼬맹이 수컷은, 여차저차 살아남았다, 하지만 지역민들은 어떻게 그랬는지 정말 이해가 안 갔다, 왜냐면 고용한 로베로가 진력을 다했는데, 치욕은 사지 말아야 한다며 단단히 각오한 사람인데, 매일 나무에서 보낸 것만이 아니라 그들의 자취와 길을 쫓아다니고, 눈을 부라리며 살피고, 곤두세워 냄새 맡고 다니며, 발 안 디딘 곳이 없이 사유지를 샅샅이 다 돌았으나 그들을 발견하지 못했다, 그러자 그는 늑대 두 마리가 잡히지 않아서 가축 떼 걱정이 이만저만 아닌 지역 양치기들과 협업을 하여, 생각해낼 수 있는 모든 곳에 덫을 놓았다, 이미 1988년은 저물었고 1989년 초부터 덫을 놓기 시작했는데, 이들은 참으로 흉포한 덫이었다, 관리인은 버려진 집 옆에 서서 말했다, 여기 이 안에서, 그가 건물을 가리켰다, 이 안에서 사람들이 그 덫들을 만들었다, 겉보기로는 단순한 한 가닥 철삿줄이 전부인데, 한 가지 가차없는 원리에 따라 작동한다, 한쪽 끝에 올가미 매듭을 짓고, 다른 쪽은 핀카들을 나누는 울타리 바닥에 아주 단단히 묶어두는 덫이었다, 왜냐면 두 마리 늑대가 어떻게 건너다니나 여기저기 흔적을 살피다 보니, 울타리 아래 푹신한 땅을 하나하나 파고는 그 아래로 숨어 다니더라고, 호세 미구엘은 설명했다, 자, 여기에다, 울타리에다 지역민들이 로베로의 통솔에 따라 덫을 묶어 올가미를 놓았다, 이게 안 먹힐 리가 없다고 짐작했다, 이전에 늑대들이 팠던 굴을 덮지 않고 그대로 두었다, 그리고 철삿줄 덫을 놓아두었다, 그래서 두 늑대가 울타리 아래를 지나려고 드는 순간, 올가미가 머리를 잡아채고, 물론 이 올가미는 그들이 빠져나가려고 몸부림칠수록 더욱 단단히 조인다, 그리고 결국에 목이 졸려 죽을 것이다, 하지만 호세 미구엘의 금속테 안경알이 빛 속에 반짝반짝 빛났다, 이게 먹혀들지 않았다, 아무 일도 일어나지 않았다, 늑대들은 아무런 피해도 입지 않았다, 한참 동안 왜 그러는지 이유를 알 수 없었다, 그러니까 어떻게 그들이 그 올가미들을 피할 수 있었을까 궁리해보니, 그런 데는 피하더라는 것이다, 늑대들이 그들이 이전에 팠던 굴로는 다시는 돌아오지 않았다, 거긴 틀림없이 덫이 있으니 피했고, 언제나 새 굴들을 팠다, 이런 말도 이깝지 않다고 사냥터 관리인이 말했다, 늑대들은 그들 하고 싶은 대로 이 핀카 저 핀카 사이를 들락거렸다, 각 핀카의 울타리 내에서, 다양한 동물들을 갈라놓느라 둘러막은 울타리들도 자유롭게 넘나들었다, 겨울이 비교적 온화했기 때문에, 크게 해를 입히지 않았고, 아주 드물게만 목축 떼를 습격하는데, 훔쳐가더라도 늑대들이 하는 방식으로, 그 먹잇감은 잡기 쉬운 약한 녀석, 늙거나 병든 동물들에 한정되었다, 하지만 곧 사람들은 점차 의심이 들기 시작했고 다른 이유들을 찾아 나서서, 누군가 이 일 배후에 있구나, 호세 미구엘은 황량한 집 옆에 서서 그의 목소리를 올리며 말했다, 누군가 그들을 돕고 있다는 의견이 나왔다, 그렇지 않고서야 어떻게 늑대들이 마을 사람들 손을 이렇게 잘도 벗어나느냐, 잡혀도 벌써 잡혀야 되는데, 늑대들은 용케 그때마다 도망간다, 그들을 기다리는 함정만은 용케 피한다; 그리고 몇몇 사람들은 이 동물들의 총명함이 정상을 넘어, 초자연적인 힘이 있다고, 그들은 악마 탓이다, 도깨비며 잡귀들 장난질이라고 쑥덜거리기 시작했다, 하지만 대다수는 좀 더 실용적이어서 인간이 개입한 소행이라고 의심하고 누가 늑대들을 돕고 있는지 밝히려고 눈에 불을 켰다, 왜냐면, 그 덫이 작동하지 않은 것은 우연일 리가 없다고 이 대다수 사람들은 생각했다, 아니나 다를까, 덫을 조사해보니 누가 느슨하게 풀어놓은 것을 발견했다, 늑대가 옛날 횡단지점을 통과하려고만 한다면 통과할 수 있었다, 왜냐면 올가미는 그 목을 단단히 조이지 못했고, 동물은 움직이던 여세로 그 철삿줄을 말뚝에서 멀리 끌고 가면, 그러면 한동안 뒤로 철삿줄 일부가 끌리기만 하고 동물이 머리를 계속 흔들면 떨쳐낼 수 있었다, 다른 방법은 없다니까, 누군가가 배후에 있다는 말이 갈수록 사람들 사이에 돌았다, 그래도 그 발상은 믿음이 가지 않았다, 왜냐면 분명, 완전 바보 천치가 아닌 바에야 어떤 사람이 늑대를 돕고 싶어 하겠는가, 다른 식으로 상상할 수도 없었다, 몇 세기 동안, 수천 년 동안 사람과 늑대는 적이었는데, 근데 그들이 여기, 이제 1989년도 족히 몇 달이 넘어가고 있는데 두 마리 늑대는 여전히 자유로이 활개를 쳤다, 그래서 양치기들은 그들 덫을 망가뜨리며 사보타주를 하는 자를 계속해서 찾아다녔고 이런 곤경에 괜한 화풀이로 로베로를 해고했다, 하지만 그러다 한참 후에 늑대를 구해주는 이 방해꾼이 다른 방법들을 사용하고 있음을 알아챘다, 그들이 아는 한 계속 새로운 자리들을 발견해 가는데, 울타리 밑이 한 번에 한 마리씩 지나기에 충분할 정도로 파헤쳐져 있던 것이다, 이는 분명 동물의 짓거리가 아니요 무슨 우연이 아니며 분명 사람의 소행, 뼛속까지 철저히 속이 시꺼먼 악당의 소행이다, 그래서 이 악당을 잡아내려는 한바탕 열띤 사냥들이 다시 시작되었다, 하지만 일을 시작하자마자 싱겁게 바로 중단되었다, 왜냐면 1989년 말에 그 사유지를 담당하던 어느 한 관리인에게, 그러니까 바로 자신, 호세 미구엘에게, 늑대 한 마리가 카세레스 지역 어딘가 바다호스 쪽으로 가는 새 도로 위 어느 지점에서 차에 치였다는 보고가 들어왔다, 칸티야나 로마스 데 그리날도라고 불리는 핀카로 들어가는 입구에서 멀지 않은, 30과 31킬로미터 표시 말뚝 사이의 어느 지점이었다, 이는 짝패 중에 하나, 암컷이라는 보고였다, 그들의 움직임에 그들의 행동, 그들의 걸음걸이가 익숙해서, 애초부터 그들 얼굴까지 익었기 때문에, 달리 말하면 그들을 아주 잘 알아서, 그 보고가 맞음을 확신했다고, 호세 미구엘이 말했다, 이 모든 일이 일어난 탓은 왜냐면… 하지만 그는 더 말은 잇지 않고, 놀랍게도 그들은 단순히 지프의 운전대로 돌아왔다, 그리고 시동 키를 꽂았지만 엔진은 꺼둔 채였다, 그래서 그들도 뒤따라 제자리에 앉아서 기다렸다, 하지만 호세 미구엘은 한참 동안 아무 말도 하지 않았고, 그냥 유리창 너머를 바라만 보았다, 그리고 마침내 키를 돌려 엔진에 시동을 걸었지만 곧 바로 출발하지는 않았다, 대신 이런 일이 벌어진 이유가 늑대가 새끼를 뺐기 때문이라고 그는 말을 했다, 그 지점에 통역사가 울음을 터뜨렸고 호세 미구엘이 한 말들은 어지럽게 맴을 돌고 스페인어 문장이 다음 문장으로 내달리는데, 통역사는 울고 있느라, 울먹이느라 통역은 고사하고 말도 제대로 잇지 못했다, 이 지점에 그는, 슈파쉬바인에 있는 자신을 가리켰다, 갑자기 그들에게 감정 이입은커녕 오히려 화증이 치밀었다, 왜 이야기가 가장 흥미진진한 순간에 자신만 쏙 빠져 겉돌게 하는지 이해할 수가 없었다, 그는 이 지프차에 전혀 불필요한 존재인 것 같았다, 사실, 그는 카운터의 헝가리인에게, 여태껏 쓸데없는 곁다리 같았다고 설명했다, 그의 심장은 통역사의 심장이 산산이 부서지듯 부서지지 않으니까, 이 모든 일에 그는 몹시 분노가 치솟았다, 그녀에게 분노가 솟았다, 비록 그는 여전히 왜인지 몰랐고, 왜 그런지 알 수도 없긴 해도, 왜냐면 그 자신은 눈물을 쏟고 있는 사람을 그 비통은 일부나마 느끼지 못한

채 쳐다만 볼 수 있는 사람이라고 여기지 않았는데, 이 경우에 비통을 공감하지 못하는 것만이 아니라 완전 악의적인 느낌까지 들었으니, 그는 자신의 성질이 누그러지기만을 기다렸다, 관리인 역시 통역사보다 별로 낫지 않은 상태라는 게 눈에 선했다, 그 자신의 이야기에, 말하자면 자신의 기억에 자신도 사로잡혀 휘둘리고 있음을, 숨길 생각은 아예 없어 보였다, 그러다 간신히 통역사는 울음을 삼키고 추스른 뒤 호세 미구엘이 했던 말을 다시 또박또박 늘어놓았다, 그 기억이란—호세 미구엘은 그를 똑바로 바라보았다, 그 전체 이야기가 마치 지금 일어나고 있는 것처럼 충격에 싸여 눈을 둥그렇게 뜨고 방문객의 눈을 깊이 마주 보았다—젊은 암컷 늑대가 마치 방금 전의 일인 양 눈에 선하게 보인다, 내장은 쏟아지고, 그 안에 죽은 새끼째로 으깨진 배, 지금도 선하게 보이고, 나중에도 눈에서 떠나지 않을 것이다, 늑대는 치이지 않을 수가 없었다, 이 암컷이 다만, 임신했다는 오직 그 이유로, 배가 너무 불러 길을 재빨리 달려 지날 수가 없었기 때문에 부딪혔다, 그 때문에 무작위로 적용되는 확률의 사고에서 도망가지를 못했고 그리고 아마도 그 앞으로 살인자처럼 내달려오는 차를 모면하지 못했다고, 이런 생각이 떠올라 그는 그저 그 자리에 얼어붙어 가만히 섰다, 도로 한가운데 죽은 동물

옆에 서 있으니, 지나는 차들은 그를 향해 경적을 빵빵대며 그를 피해 가는데, 하지만 그 소리가 마치 아득히 먼 곳에서 나는 소리처럼 들려, 못 박히듯 옴짝 못하고 서 있었다, 만약 그의 동료, 나이 많은 사냥터 관리인이 오지 않았더라면 그 역시 치여 늑대 옆에 나란히 있었을 것이다, 나이 많은 동료가 이런 상태의 그를 길가로 홱 잡아당겼다, 그런 다음 늑대를 끌어내는데, 그는 거의 한참을 움직일 수가 없어서, 동료 혼자서 다 처리해야 했다, 그런 다음에도 그가 무얼 하고 있는지도 거의 모른 채, 그는 하라는 대로만 따라하여 도왔다, 결국에 그들은 같이 늑대를 길가 도랑으로 끌어다 놓았고 즉시 늑대를 땅에 묻었다, 바로 거기 묻었기 때문에, 오늘날까지도 그는 묻힌 자리가 어디인지 지목할 수 있다, 비록 지금은, 다시 그의 눈을 깊이 들여다보며 지프를 출발시키면서 그가 말했다, 물론 뼈밖에 발견하지 못할 것이다, 물론, 뭐라도 건지려고 한다면 말이지만, 그 문제는 그만 접어두자, 하고 그는 목을 가다듬고 가속 페달을 지그시 눌렀다, 그래서 그들은 다시 한번 속도를 올렸고 그는 다시 한참 동안 침묵에 빠져 차창을 통해 눈앞의 풍광만 쳐다보았다, 한편 통역사는 거듭거듭 미안하다고, 방문객에게 세 번이나, 방금 자신이 내보인 장면에 당황스러워 쩔쩔매며 세 번이나 사과했다, 자신도 도통 모르겠다고, 그렇게 지프의 소음 너머로, 뭐에 씌기라도 한 건지 모르겠다고 다시 고래고래 고함쳤다, 하지만 관리인의 이야기가 너무, …너무 마음이 저려서, 그러자 그는 모든 게 괜찮다, 괘념치 말라는 뜻으로 손을 내저었다고, 그는 오래 전에 듣기를 멈추고서 졸고 있는 줄은 알아차리지 못하고 바텐더에게 설명했다, 처음에 꾸벅꾸벅 천천히 졸더니, 그러다 꿈조차 꾸고 있을 터인데 알아차리지도 못했다, 왜냐면 그는 바텐더에게서 몸을 돌리고 거리로 난 창문을 쳐다보고 있었기 때문이었다—하지만 이제 그는 그때, 그곳에서, 그 당시에 느꼈던 것과 똑같은 불안에 휩싸였다, 그리고 그의 불안감이 그의 존재 자체를 이루던 공허감보다, 그가 익숙하던 차분하고 완전히 느긋한 이 존재의 공허감보다, 더욱 강렬하고 더욱 끈질기다는 점을 알아차리고 겁에 질렸다, 그리고 이런 불안감이, 다시 그 자신을 가리키며 그가 큰 소리로 말했다, 지프에서 호세 미구엘의 이야기를 들은 뒤에 처음으로 불안감에 사로잡히긴 했지만, 하늘이 점차 어두워지고 도로 알부르케르케로 향하는 길 위에 이미 올랐을 때, 호세 미구엘이 어떻게 젊은 수컷이 사라졌는지 들려주자 정말 간담이 서늘하게 불안감이 다가오는 것이었다, 늑대 흔적들로 보건대 포르투갈 국경 쪽으로 이주했다고 판단이 되었다, 얼마나 간절히, 그는 중앙로의 불모지를 응시하며 말했다, 얼마나 간절히 호세 미구엘의 이야기가 여기서, 젊은 수컷이 그냥 그렇게 아무튼 포르투갈 국경 너머 사라졌다는 말과 함께 그치기를 바랐던지, 하지만 그 이야기는 거기서 끝나지 않았다, 우선은 그들은 상당히 우회해서 바다호스 길 위 30킬로미터와 31킬로미터 말뚝 사이 지점을 짧게 살펴보았고, 그런 뒤 라 헤호사까지 경로를 되짚어 가 아무 설명도 없이 작은 연못 옆의 한곳을 바라보았다, 이후로 마침내 알부르케르케로 돌아가기 전, 네 시 정각에 처음 만났던 호텔의 정문에 이르러, 그제야 호세 미구엘은 어렵사리 메마른, 사실에 입각한 문장들로 안타깝게도 앞의 이야기를 마무리하는 것이었다, 그들은 한동안 남은 늑대에게 무슨 일이 있었는지 알지 못했고, 모든 이들이 늑대는 포르투갈 어느 곳에서 사라졌다 믿었는데, 그러다 어느 날 1993년 늑대는 어디에도 가지 않았음이 밝혀졌다, 그에게는 자신을 기다리는 포르투갈은 없었다, 왜냐면 어느 이른 새벽에 몰래 한 양치기가, 알레한드로라는 사내가 그에게 전화를 걸어 즉시 와보라고, 금방 핀카의 연못 옆에서 늑대 한 마리를 봤다고 알려왔다, 그곳으로 달려가자 이 늑대가 젊은 늑대라고 확인하는 일은 그리 어렵지 않았다, 이 젊은 수컷은 절대 영역을 버리고 떠나지 않았고 사정을 보면 칸티야나 라 헤호사 안에 남아 있었다, 거기서 수년간의 성공에도 불구하고, 운명을 피하지는 못했다, 그러니 꼭 이 점은 짚고 넘어가야 한다, 당신들이 찾는 사람은 알레한드로이다, 늑대를 쏜 사람이 그 사람이다, 라고 관리인이 음울한 피날레를 지었다, 그런 뒤 호세 미구엘은 출입구 앞에서 통역사에게 그리고 마침 그들을 데리러 온 운전사에게 작별을 고하였다, 그러고는 지프까지 잠깐 가줄 수 없느냐고 그는 내게 청했다, 내게 달리 할 말이 있다며, 나에게 직접, 우리 둘끼리만 할 말이 있다고, 희미하게 웃으며 영어로 말해보겠다고 했다, 그래서 그들은 지프로 옮겨갔고 거기서 호세 미구엘은 목을 가다듬고, 그의 눈을 똑바로 쳐다보고 그가 고백하고 싶은 뭔가가 있다고 더듬거리는 영어로 그에게 말했다, —하지만 이봐, 일어나, 그는 얼굴을 카운터의 바텐더에게 돌리고 고함쳤다, 바텐더는 화들짝 놀라 머리를 치켜들고, 어리둥절해서 눈을 끔벅였다, 일어나, 일어나요! 관리인이 지프로 돌아가 마지막으로 무슨 말을 하고 싶어 했다, 그 이야기할 참이잖소, 뭔데요 하고 헝가리 바텐더가 툴툴거리며 눈을 비볐다—그러게, 그게 정확하게 내가 이야기로부터 짐작했던 것이라서, 그가 말했다, 나는 그에게 내게 말하지 말라고 요청했고, 우리는 그저 포옹을 하였고, 그렇게 나는 그를 떠났다, 이렇게 해서 그가 바로 오늘까지도 나를 괴롭히는 불안감을 야기한 것이다—오 맞아, 불안감, 바텐더가 그 말에 피식 웃으며 하품을 하고서 여전히 앉아 기지개를 켜다 등을 우드득거리고, 헝가리 말로 뭐라고 투덜거렸다, 네 마지막 늑대 이야기 중이었지, 계속해봐요, 듣고 있어, —그래, 그가 얼굴을 창문으로 돌리며 대답했다, 하지만 더는 계속하지 않고 한참 입을 다물었다, 어떻게 설명할 수 있겠는가, 비록 엑스트레마두라에 가느라 잠시 떠났던 데로 그가 돌아오긴 했어도, 그에게 남은 것은 생각 없는 삶이다, 다른 말로 슈파쉬바인의 죽음처럼 메마른 황무지, 이런 춥고, 텅 비고 허허로운 광장, 그리고 그가 요청받은 대로 일을 해주고 일금 얼마얼마 유로를 벌지 못하긴 했어도, 대신에 엑스트레마두라를 그 자신의 춥고, 텅 비고, 허허로운 가슴에 담아두고서, 그 이후로 늘 그 끝을 만지작거리며, 바로 여기서, 매일매일 그는 머릿속에 호세 미구엘 이야기의 끝을 쓰고 또다시 쓰고 있다고.

헤르먼
Herman

사냥터 관리인

기고의 죽음

사냥터 관리인
첫 번째 판

　그 임무가―그의 은퇴로 인해 그들이 더 이상 그가 필요하지 않다고 판단하게 될지도 모른다는 두려움이 잠재하고 있음에도 불구하고, 그가 은밀히 기대해왔던 바로 그 임무―뜻하지는 않았지만 마침내 이루어졌다. 불시에 그를 덮친 격이라 할 수 있겠다. 그 당시에 모두 허울뿐인 형식상 격식을 생략한 평범하기 짝이 없는 용어로 '야생동물 관리 전문가들의 신뢰에' 감사드리며 그들의 집행 지시를 받아들었을 때 그는 거의 겁까지 더럭 났고, 실제로 아무 제약도 없이, 그 어떤 분투도 없이 너무 쉽게 목표를 이룬 사람처럼 전율이 스쳤다. 이 일은 그가 '남몰래 기대한' 것이 아니라, 사실 몇 년 전 처음 은퇴로 마음이 쏠린 후 그가 분명히 계획했던 것으로, '어리석은 요식, 규칙과 규

제들로 꼼짝 못 하게 억눌리던 자신의 능력들을 거침없이 펼쳐 보이는 데 절대적으로 필수적인' 어느 정도의 해방과 틀림없는 자유가 허용되리라는 희망에서 여러모로 궁리해왔던 터였다. 그 자신이 나중에 알게 되듯이, 분명 그가 맡게 된 일은 놀랄 일이 아니었다. 비록 명성이 자자한 그의 완벽주의, 한도 끝도 없는 인내심과 꿈쩍 않는 업무 윤리를 보면 그 직업에 관한 한 완벽하게 적합한 인물이라고, 당국의 확신을 산 점을 알게 되었다면 흐뭇하긴 했을 것이다. 하지만 뭐니 뭐니 해도 그가 맡게 된 일이, 이런 일에 숙달된 인물들이 비할 데 없는 덫놓이 거장에게, 영속적인 망각 속으로 가라앉고 있는 오랜 과거 속 기교의 눈부신 신비들을 수호하고 있는—헤르먼이 몇 번 씁쓸한 냉소로 일컫듯—일종의 '모히칸 족의 최후'에 경의를 표하는 방도임은 알고 있었다. 물론 개인적 고려사항들에 더하여 일의 성격을 따져도 타당한 결정이었다. 문제의 레메테 숲*(겨우 이백 에이커도 안 되는 서어나무와 상수리나무의 땅)은 각광 받는 관심 지역에서 밀려난 게 수십 년이었다.—모든 삼림관리 활동들은 불과 5킬로미터 떨어진 방대한 수렵 구역에 집중되었다—이런 용서할 수 없는 태만 때문에(헤

---

* '은둔자의 숲'이란 뜻이다.

르먼의 말로는 '통탄할 따름인 당국의 방임'으로) 임명을 받을 즈음에 레메테 숲은 통제할 수 없고 뚫고 들어갈 수도 없는 정글, 통행 불가의 원시림이 되었다. 진정으로 '말쑥하게 다듬어진 그 지역의 몸통에 돋은 종기'였고 제대로 생각이 박인 사냥꾼이나 도보 여행객들이라면 발도 들일 생각을 하지 않는 곳이었다. 하지만 문제가 여간 심각하지 않게 돌아간다고 인지할 즈음, 이미 이 숲은 벋놓은 벌거숭이처럼 무법천지 제멋대로 자라 유해한 포식 동물들이 믿을 수 없이 번창한 터라 지역 농부들에게 걱정을 끼칠 뿐만이 아니라 가까운 사냥터까지 심각하게 위협할 지경에 이르렀다. 결정은 순식간에 났고, 헤르먼에게 전폭적인 자유재량이 주어졌다. 그는 곧장 그의 임무에 뛰어들어 마치 고집스러운 그림자처럼 일에 착수했다. 동이 트자마자 늦은 오후까지 '현장에서' 관목들을 치우고, 나무를 손질하고, 야생 동물용 소금통과 먹이통을 설치하고, 과거 정찰용 오솔길을 다시 닦고, 혹은 필요하다 싶은 곳에 덤불을 쳐내 새 길을 내었으며, 옛날 방법을 사용하여—숲으로 들고 나는 자취들을 읽어서—그는 야생 동물 떼의 수량, 유익한 사냥거리와 해로운 맹수들의 규모를 가늠했다. 직감과 경험에 의존해 그는 동물들이 자주 다니는 길의 체계를 점검했고 또한 대체용의 샛길들, 쉬고 잠자는 은신처

들을 조사하고 마침내―대부분 길 잃은 개들과 떠돌이 고
양이들에 대처해야 하리라, 또한 작지만 오소리와 여우 몇
마리를 처리해야 되는구나, 일이 분명해지자―그는 구할
수 있는 비축분 원통형 덫, 강철 톱니 덫, 개잡이용 덫들을
손보고 냄새를 없앴고 한편으로 지역 대장장이에게 헤르
먼의 명백하고 정확한 사양에 따라, 이른바 '베를린 백조
목'* 덫 열 개를 만들하도록 시켰다, 이는 헤르먼이 대장장
이에게 거듭 설명했듯이 '엄청난 효과를 발휘하길 기대하
는' 덫이었다. 헤르먼은 며칠 동안 두문불출하고 집의 작
업장에서, 혹시라도 필요가 생길 때를 위해, 함정형 덫과
올무들이 모자라지 않도록 준비했다. 그런 다음 습관이
들 때까지 오랜 기간이 이어졌다. 그렇게 한참이 지난 어느
날 포식 동물들이 잘 위장한 덫으로부터 더 이상 멀리 피
해 다니지 않으리라는 확신이 드는 날이 왔고, 헤르먼은
다음 날 계획을 '실행하기'로 결정하였다. 성공에 추호의
의심도 없었다―그 자신이 약탈해대는 포식 동물의 흔적
에 익숙했고, 바람의 방향까지 계산해 넣었으며 고약한 생
선대가리, 창자, 다진 간이며 염통 등 장기와 각종 고기 조

---

* 톱니가 달린 두 개의 반원을 펼쳐 놓은 강철 족쇄 덫, 백조목처럼 길게 나온 부분
이 고정쇠이다.

각들로 직접 만든 혼합물들을 잘 삭혀 냄새를 지우고, 각종 미끼와 고기밥을 써서 꾀어들였고, 동물들을 덫으로 유도하기 위해서 필요한 곳에, 특히나 개잡이 덫에 나뭇가지와 돌로 된 비탈진 도랑을 지었다—그럼에도 그는 초조함에 손을 떨며 결과를 기다렸다. 왜냐면 개인적으로 '이 직업 전체가 심판대에 선 듯' 느껴져서였다… 그리하여 진부해서 서서히 잊혀가고 있는, 타당성을 잃어가고 있는 이와 같은 직업의 운명도, 과거 시절의 영광을 다시 얻을 수 있을지 판가름이 나리라는 판단이 들었기 때문이었다. 헤르먼에게 이런 박봉의 유급 직책을 제안하면서, 그리 큰 결과는 기대하지 않고 그저 양심의 가책을 누그러뜨리겠다는 정도만 의도했던 당국자들은 2년이 지난 뒤에 거의 섬뜩하리만치 원시적인 정글이었던 과거의 레메테 숲이 이제 밝고 푸르른 신선한 색감의 장소가 되었다는 점을 알고 받은 그 충격이란, 그리고 전문가들은 은퇴한 사냥터 관리인 헤르먼이 두 해가 끝난 뒤에 제출한 개요서를 읽고서 거의 그들의 눈을 믿을 수가 없었다. 하지만 데이터를 놓고 보면 '해로운 포식 동물의 개체 수는 최소한으로 감소하였으며, 한편 유용한 사냥 동물의 수는 축적되어 뚜렷한 증가를 보였다'고 하는 헤르먼의 보고를 수긍하지 않을 수 없었다. 급하게 꾸린 대표위임단이 당국을 대신하여 그의 노고에 감사하기 위해, 잡목 사이 통나무 덫을 만드는 일에 몰두하고 있던 현장으로 그를 찾아왔는데, 헤르먼의 태도는 아주 붙임성이 없어서, 아니, 오히려 아주 비우호적이라, 그들은 나중에 좋은 때로 (이를 치하하는 일은) 미루는 게 낫겠다고 생각했다. 그래서 사냥터 운영진과 사냥꾼협회의 통상적인 연중 포상 행사에 그가 퉁명스럽고, 다소 긴방진 말투('이런 건 필요 없어!')를 섞어가여 초대장을 그대로 돌려보내자, 당국은 현명하게 어디 충분히 쉴 틈이 날 때까지 그를 방해하지 않는 게 낫겠다고 결정했다. 분명히 이는 그저 심히 기력이 쇠하고 지쳐서 그런 것이다, 그의 나이에—그리고 그렇게 장기적인 분투 후에!—이런 반응은 '놀랍지도 않은 것'이지 않은가, 하고… 하지만 실상은, 지난 두 해 동안 몰살당한 유해한 대단위 포식 동물들의 묵직한 무게에 비참하게 내리눌리다 보니 영 다른 생각이 떠올랐던 것이다. 두 번째 해를 마쳐가자 처음으로 대단히 섬뜩한 악몽이 불쑥 그를 덮쳤다. 그 꿈에 멀찍이서 그가 죽은 짐승을 던져두던 썩어가는 구덩이를 흘깃 보는데…

(이는 사실 일의 시초부터 정성을 들여서 유지하던 공터에 직접 파둔 구덩이였고, 거기에 그는 개며 고양이 사체를 던져 넣었다. 특별한 기능의 장점도 겸해져, 그 고약하고 해로운 악취는 시간이 갈수록 겁을 집어먹고 몸을 사리는 포식 동물들을 '자석처럼 끌어당기는 효

과'를 발휘하였다.) …그런 뒤 천천히 그 구덩이에 다가가면, 그는 뭔가 흉측하게 꾸물거리는 걸 깨닫게 되고… 철퍼덕대고, 미끄러지는 소리, 부글거리고 찢기는 무시무시하고 속 울렁거리는 소리를 듣는다. 마침내… 그는 구덩이 깊은 곳에 털이 부슬부슬하니, 어마어마한 사체 고깃덩이들이 부패하여 젤리처럼 흔들리고 있는 것을 마주하지 않을 수 없다… 이 지점에서 그는 땀으로 범벅이 되어 벌떡 잠에서 깨어나, 수 분 동안 숨을 헐떡거리며, 겁에 질려 어둠 속을 뚫어지게 응시했다, 그리고 그 이후로 이런 되풀이되는 악몽의 공포에서 하룻밤도 벗어나질 못했고, 곧 낮 시간 역시 이런 공포가 무겁게 짓누르기 시작했다. 그러다 어느 날 아침 순찰을 돌던 중에 사냥꾼의 불문율 같은 윤리 규범에 충실히 따라 그의 덫에 밤새 잡힌 동물들을 치우고 죽이는데, 갑자기 전신의 힘이 쑥 빠져버려 몇 분 동안 그는 죽음의 극심한 통증 속에서 최후를 맞이하는 더러운 잡종견의 경련을 무력하게 바라봐야만 했다. 덫에 걸린 짐승을 죽이는 수많은 방법을 그는 알고 있었다. 담비같이 작은 동물은 막대기로 동물의 머리를 꽉 짓누르고서 가슴을 짓밟으면 되었다. 여우나, 오소리, 고양이나 개들은 (만약 밤을 넘기고 살아남았다고 치면) 그는 먼저 곤봉으로 코언저리를 때려서 기절시킨 짐승의 해골과 제일 상부 척추 사이에 단호하게 칼을 박아 넣고 척수를 잘랐다. 그러나 이 순간에는 이제껏 배운 기교는 쓸잘머리가 없었다. 속수무책으로 결정적인—그리고 인간적인—조처를 취할 수가 없었다. 그 자신의 이런 예상치 못한 무력한 마비에 정신이 아연해져서, 고통에 몸부림치는 그 개 옆에서 그저 불안하게, 설명할 길 없는 무력감을 극복할 수가 없어, 땀에 젖은 이맛전을 닦고, 가끔 옆으로 침을 뱉으며 서 있었다. 이 일 이후에 며칠이 가고 몇 주가 지났지만 몇 날 몇 주, 영 생경한, 컥컥 숨 막히는 멍한 상태에서 보냈다. 그의 시야가 흐려지기 시작했고 귀가 윙윙 울었다. 때로 다음 순간이면 완전히 귀가 먹겠구나 싶기도 했다. 그리고 무언가 안에서 파고 들어가는 해로운 내부의 적이, 위험이 닥칠라치면 튀어 오르는 개나 고양이들처럼 늘 사지를 바싹 긴장하게끔 몰아대었기 때문에 자전거를 타고 집으로 돌아온 저녁이면 그는 걸쳤던 옷 그대로, 뻐근한 사지를 안고 완전히 지쳐서 침대에 폭삭 쓰러졌다. 그에게 대체 무슨 일이 벌어진 것인지 이해해 보려고 머리를 굴렸으나 도통 알 수가 없었다. 이윽고 그에게 닥친 재액災厄에 대해 차분하게 되씹을 수도 없는 처지가 되었고 그래서—적어도 그의 걱정스러운 상태를 의식하지 않아도 되게끔—그의 일에 그는 배가된 노력으로 온몸을 던지자고 결심했다. 그는 통나무곤봉

덫*을 숲속 적절한 장소마다 골고로 설치하는데—그가
아래 버팀목을 때려 박고 기다란 길이로 소나무 기둥을 재
어 톱질을 할 때—이전 그의 평정과 자부심이 그를 저버
렸을 뿐만 아니라 이제는 갑자기 떨어지는 어둠에 사로잡
히듯 단박 치드는 불길한 예감에 쫓겨 끙끙대는 것이었다.
언젠가는 평정이 깃들겠거니 하고 마을에 있는 셋방에 박
제된 새들, 다 허물어져 가는 가구, 벽에 얹어 놓은 사슴뿔
에 둘러싸여, 며칠이고 문을 닫아걸고 틀어박혔지만 별다
른 소용이 없었고, 마을 외곽에 선술집의 추레하고 후미
진 구석에서 술에 곤드레만드레 취해도 아주 헛일이었다.
어떤 노력도 전혀 도움이 되지 않았다. 이쯤 되자에 그는
의사에게 물상담을 받기로 결심했다. 처음에 그는 간이 영
신통찮다고 하소연했지만 '완벽하게 정상적으로 작동 중'
이란 것만 발견했다. 다음에 그는 위궤양을 의심했지만 의
사는 이는 완전히 터무니없는 의심이며, 그의 소화기계는
나무랄 데 없다고 걱정을 접으라고 하였다. 마침내—실험
실 검사와 검진에 최소한의 병이라도 집어내는 데 실패한
뒤에—실질적으로 절망에 찬 마음으로 진료실에서 그는

---

* 통나무 둘을 가로세로 혹은 비스듬하게 한쪽에 연결하여 세우고 위 통나무는 쇠
못을 박아 넣거나 무게를 더해, 늑대나 멧돼지가 걸리면 곤봉처럼 위의 기둥이 내리
쳐 두 기둥 사이에 집게처럼 끼게 된다.

자신 있게 '이제 어디에 문제가 있는지 확실히 느꼈다, 틀림없다' 장담하고서 그의 가슴을 가리켰다. 이에 의사는―가능한 모든 수단을 동원해 검사하지 않은 채 진단에 이르렀으리라는 의심을 사지는 않을 처지지만―간신히 미소를 억누르고서는 좀 더 검사해보자는 데 굳이 딴지를 놓지는 않았다. 하지만 결과는 참담했다. 그리고 검사 후 며칠 뒤 의사는 밝은 목소리로 '이리 튼튼하기도 힘들다, 완전 강철 심장을 가졌다'고 그에게 통고했다―헤르먼은 자제력을 잃고 대경실색한 의사에게 화를 내며 주먹을 휘둘러댔고 욕을 쏟아 부으며 진료실을 박차고 나갔다. 다시 그는 집에 틀어박혔고, 그의 괴로운 마음이 흩어놓은 심상들을 아무리 세차게 쫓아보려 해도, 별똥별 같은 이 심상들을 따라잡을 수가 없었다. 그러다 그는 레메테 숲을 생각하다 보니 가봐야겠다는 엄청난 갈망이 가득차는 것을 문득 깨닫고 조바심은 접고 옷을 차려입고 바람이 빠진 자전거 바퀴에 펌프질을 하고서, 흥분에 들떠 서둘러 출발했다. 그가 도착했을 즈음에 서편으로 해가 이울고 있었다. 비록 희부연 어스름 빛이 있긴 해도 그는 눈먼 이가 덤불을 헤치고 가듯 더듬더듬 길을 헤치며, 정찰로를 따라 숨을 죽이고 기이하고 흔들리는 걸음걸이로 그 끝까지 갔다. 이런 지금 상황에, 옛날 열정은 다 사그라진 지금도, 그의 부츠 뒤꿈치 아래 잔가지가 우지끈 부러져 초저녁 어두워지는 숲에 사냥하러 나선 포식자들을 놀래킬까 봐 그는 발끝걸음으로 사뿐사뿐 걸었다. 그의 덫에 걸린 포획량은 그리 크지 않으리라 여겼다. 지난 며칠간 늦은 11월의 비로 그가 놓은 덫은 거의 완전히 섭슬려 나갔을 공산이 컸고, 의심 많은 맹수는 그런 장소는 아예 멀찍이 에두르기 때문이었다. 그러는 한편 그가―대부분 산지기의 눈으로―먹이통과 정찰로를 순찰하는 동안, 그의 마음은 짜증과 그리 불쾌하지는 않은 불안 사이에서 오락가락 표류했다. 단순히 한두 주 소홀했는데 잡초가 이미 숲 속에 걷잡을 수 없이 자란 것이 보였고, 여기저기 부러진 가지들이 그가 나아가는 데 방해를 놓았고, 그의 둥근 강철 덫들은 대부분 녹이 슬었다. 천하무적의, 숨 막힐 듯한 힘이 말끔하게 손질한 통로와 오솔길을 사방에서 바쁘게 공격해 들어오는 게 느껴졌다. 먹이통을 찌그러뜨리고, 상자 덫 그리고 통나무곤봉 덫을 허물어뜨리고, 숲 전체로 마치 무슨 거대한 지옥의 뱀 같은 넝쿨이 꼼짝 못 하게 자리 잡아 들어가며, 발작적인 인간의 의지를 조롱하는 것 같았다. 인간이란 모든 것에, 복잡하고 모르는 것은 전부, 그 자체의 용감무쌍한 단순성으로 기세를 꺾으려고 갖은 노력을 다하지만… 겁먹는다거나 굴복감이 드는 대신 혜

르면은 압박해오던 큰 부담으로부터 벗어나는 느낌이 들었고 마음 놓이게도 생동감이 꿈틀거리며 애초의 그에게로 되돌아오는 듯하였다. 결단력, 투지력과 질서를 향한 진지한 애착이 엄격하게 결합하여 다시 한번 그의 정신은 견고한 기백으로 들어찼고 그래서 더 이상 할 일도 없고 하니, 가능하면 빨리 집으로 돌아가, 몸을 말리고 밤새 쿨쿨 자자, 내일이면—지난 몇 주간의 부끄러움을 잊고—그는 새로운 기분으로 일을 시작할 수 있으리라. 한창 길에 올랐는데 오솔길에서 한 너덧 발자국 멀리, 덤불 아래—막 떠오른 으스름한 은색 달빛에—그는 범상찮은 덩치와 유다른 모양의 그림자를 알아차렸다. 어둠 속에 나동그라지지 않도록 조심하며 그는 가까이 발을 옮기고 손전등을 켰다. 백조목, 가차 없이 하늘을 향하여 우뚝 치솟아 오른 이 덫을 그의 머리에서 까마득히 지우고 있었다. 그 광경에 그는 거의 정신이 아뜩해졌다… 마침내 마음의 평화를 되찾은 지난 한 시간은 그저 신의 잔인하고 악랄한 농담이었던가 하는 생각이 마음에 번쩍 스쳤다. 이제 여전히 자신 속에 버티던 모든 것들을 아주 효과적으로 더욱 자잘하게 무너뜨리려고… 그렇게 순식간의 절망에 그는 얼굴을 손에 묻었다. 풍성한 털을 갖고 있는 커다란 수컷 여우가 아주 이상한 자세로 뻣뻣하게 얼어 죽어 있었다. 꼬리와 엉덩

이와 뒷다리는 흠뻑 젖은 땅에 무겁게 누워 있었다. 반원의 두 강철 이빨이 철컥 하고 목 주위에 맞물려 (헤르먼이 너무나 잘 알듯이 참혹하게 순식간에) 목을 으스러뜨렸고, 그렇게 들린 짐승의 상체가 공중에 떠 있었다. 오직 머리만 으르렁 이를 드러내며 얼어붙었을 뿐, 앞발은 죽은 사람처럼 얌전하게 앞으로 포개 얹은 채 질척한 땅을 향하여 패하고, 투항하여 아래로 늘어뜨리고 있었다. 헤르먼은 천천히 그의 눈에서 손을 내렸다. 후줄근하게 젖은 그의 굳은 얼굴은 삐걱거리는 몸에서 벗어날 수도 없었다. 이제 그는 뭐라 이름 부르기도 쉽지 않은 명렬한 열기를 더 이상 참을 수 없었다. 그것은 길들여져 주춤거리게 하는 공포심이라기보다는 분출하는 감정이었기 때문이며, 이제 그 감정이 덮쳐와 무방비 상태의 그를 완전히 사로잡았기 때문이었다… 이렇게 솟아오른 근본적인 동정심은 회한으로 가득 찼지만 또한 섬뜩한 불굴의 고집 같은, 무지한 채로 범한 죄의 죄책감에 뒤따르는, 오도된 이의 사정없는 냉혹함이 가득 차올랐다. 그 광경을 보고, 흡사 육체적으로 아려오던 헤르먼의 비통은 곧 갑작스럽게 눈이 멀도록 환한 빛이—마치 그의 심장이 덜컹 내려앉는 듯이—솟구쳐올라 씻겨 나갔고, 번뜩이는 빛에 그의 전 생애가 마치 풍경처럼 보였다. 그는, 눈에 들어오지도 않아서, 저 멀리 물러나고 있는 아슬아슬 위험천만 어둑한 고랑들을 알아차리지 못하고서, 이런 매정한 광휘만 보았다. 제가 저지른 잘못된 행동마다 매번 판결을 언도하는 오직 이런 꿰찌르는 빛만 보였다. 주체 못 할 감정에 압도당해, 힘을 짜내어 굽은 반원 강철 이빨을 벌려 동물을 풀어내서 그의 팔에 안고, 죽은 동물들 구덩이로 날랐다. 둔하게 텅 부딪히는 소리와 함께 여우는 깊은 바닥에 떨어졌다. 마을에 닿을 때까지, 그런 다음 조용한 마을 거리를—적의 구역에 들어선 탈주자처럼—자전거 페달을 밟아 집에 당도할 때까지 내내 그 소리를 떨쳐버릴 수가 없었다. 그는 대문을 잠그고 현관문을 닫았고, 부엌 불을 켜고 생각에 잠긴 채 전등 아래 청산의 침묵 속에 서 있었다. 마음속으로 그는 두터운 어둠에 휩싸인 숲을 그려보았다. 숲은 닻을 내린 배처럼 밤을 틈타 조용히 정박해 있고 그림자들이 휙휙 나무들 사이로 지나고, 그렇게 오소리들이, 여우들이, 고양이들과 개들이 살금살금 접근하고, 낮게 몸을 낮추고 소리도 없이 달리며 사냥을 시작한다. 그 다음 날 그는 모든 덫을 거둬들였고, 짐승 구덩이는 흙으로 덮었다. 몇 주 동안 오직 낮에만 잠을 잔 뒤에, 밤에는 숲을 배회했다. 점점 더 깊이 주의를 기울이며 맹수들의 사냥길을 따라다녔고, 때로는 반쯤 파묻혀 참호 밖을 관찰하거나, 때로는 새로 찍힌 흔적들을 따라가거나, 혹은 12월 중순을 향해 부드럽게 내리는 눈 속에서 잡목림과 덤불 뒤에서 낮게 웅크렸다. 그리고 진짜 겨울이 닥치고 성탄절이 다가오자 그는 마침내 그의 삶을, 아주 깊디깊은 무지 속에 푹 잠겨, 쥐락펴락 남들 휘두르는 대로 마냥 복종하고, 살아왔구나, 신성한 섭리의 질서를 따르고 있다고, 그렇게 세상이 해로운 세상과 유익한 세상으로 나뉜다고 굳게 믿으며 살았구나, 알아차렸다. 하지만 실제 양쪽 카테고리가 다 똑같이 극악무도하고 무자비한 참학惨虐에서 기원한 것을, 둘 다 깊은 곳에 지옥의 빛이 도사린 것을, 꼭 그처럼 얼마지 않아 그는 인간세계를 지배하는 것은 부서지기 쉬운 평화도 아니고, '심장이 내리는 진정한 분부'도 아님을 저릿하게 깨달았다. 왜냐면 그 모든 것은 그저 저 아래 온통 꿈틀대는 '핏빛 혼돈에 뒤엉킨 대중'을 가리는 투명한 막에 지나지 않았다. 그렇게 떨어진 사람에게 확 피어오르는 연민이 휩쓸고 지났다. 똑같이 이 연민에 이제껏 자신을 법의 폭압에 족쇄처럼 채우던 충의에 대해 반발심이 일었다. 그는 이제 인간의 계산을 넘는 더 높은 법칙이 있어야만 한다고 믿었기 때문에, 아마 그가 영원히 혼자 남아 있을 수밖에 없을 경계를 넘어서 버렸다. 그 후 내내 그는 무엇을 해야 할지 모르다가 어느 이른 새벽, 눈이 내리는 한길에서 자전거를 타고 집으로 오면서, 방금 목격한 오소리의 급습 사냥을 상당히 뿌듯한 자부심으로 마음속에 다시 그려보는데, 그가 '이미 그들 중 하나'라는 생각이 불쑥 스몄다. 사실 처음부터 누그러뜨릴 수 없었던 죄책감이 다시 덮쳤고 이제 그가 이 원한을 풀리라, 마음이 섰다. 그가 느끼는 마음의 짐을 나눌 만한 사람은 없으리라 깨달았다. 그의 악몽에서 이런 자각('인과응보의 응징을 내릴 테다')으로 이어지는 순차적인 생각의 흐름을 누가 이해할 수 있겠는가. 아무튼 그는 유해한 포식 동물들을 측은히 여기는 사냥터 관리인이 이해를 받지 못하리라는 것도 알았다. 그래서 이전의 활동을 지속하는 척하며 그는 백조목 덫을 대장장이에게 이전보다 더 많이, 한 배 반 더 큰 크기로 시키고서 조심스럽게 설계한 행동 계획에 따라 일에 착수했다. 그는 가져가야만 할 것들로만 작게 짐을 꾸리고 만리허-슈나우어 라이플총 두 정을 어깨에 메고, 현관문과 대문을 잠그고 숲으로 자리를 옮겨, 거의 접근할 수 없는 레메테 지역에 직접 겨울 은둔지를 세웠다. 그는 한 2킬로미터 떨어져 쾨뢰시 강의 둔치에 사는 방죽지기와 일주일에 한 번 먹을거리를 사기로 타협을 보았다. 그런 뒤—그 남자에게 누구에게도 그가 어디 있는지 한마디도 하지 않기로 다짐을 받고—그는 '필요한 보안조치들'을 취했다. 그는 한길에서 숲으로 가는 오솔길 입구를 소위 젤브스트츄스*라고 하는 장치로 단단히 방비했다. 잠금장치를 역전시킨 화기 두 개로 구성된 장치로 서로 수평으로 마주 보게 조준하고, 오솔길의 양편 덤불 속에 가슴께 높이로 고정을 하였으며 방아쇠는 튼튼하고 투명한 낚싯줄 한 가닥으로 연결하였다. 꿈에도 의심 않던 누군가 숲으로 접어들어 줄을 당기는 날에는 만리허 총들이 발사가 되고 희생자는 스스로 목숨을 내놓게 되는 것이다. 이 젤브스트츄스는 헝가리 사냥터 관리인들 사이에 '왼뢰베에시(자동발사)'라고 하는 것으로 원래 커다란 사냥감에, 주로는 곰에 사용되는 용수철형 총이지만 물론 헤르먼은 그런 목적을 두고 이를 구축해둔 것은 아니었고, 비슷하게 숲속으로 이어지는 길 어귀마다 멋들어지게 위장한 거대한 백조목 덫을 설치할 때도 이런 목표물을 염두에 둔 게 아니었다. 관계당국자들이 곧 그를 덮칠까 두려웠기 때문이었다. 당장에는 그의 조심스러운 방비는 불필요해 보였다. 몇 달 동안 당국자는 마을에서 일어나는 기이한 사건들을 은퇴한 사냥터 관리인의 실종과 연결 짓지 못하고 있었고, 야생동물관리협회도 마침내 받아 마땅한 상을 수여하기 위해 그의 집까지 찾아 나섰으나, 헤

---

* Selbstschuss, 독일어로 자동발사라는 뜻의 스프링 발사장치.

르먼이 '흔적도 없이 사라져버려' 헛걸음만 하는데, 사람들은 그가 겨울 몇 달을 나기 위해 모르긴 몰라도 친척집으로 떠났을 거라고 추측을 했기 때문이었다. 처음에는 혹 가다 다리 부러진 환자들이 생겨도 너무 산발적이라 병원은 당국에 보고할 생각을 하지 못했는데, 그러다 2월이 다 되어서야, 경찰이 흉흉한 소문을 여러 곳에서 두루 접하게 되는데, 어느 미친 작자가 평화로운 시민들 거주지 사이에 잡히지도 않고 야밤에 숨어 급습한다, 용의자는 아마도 너무 어려 그들의 행동이 얼마나 위중한지 깨닫지 못한 어린아이들일 수도 있다는 내용이었다. 곧 수사를 통해 범인 혹은 범인들은 일반적인, 그래도 엄청 위험한 강철 덫을 사용하고 있으며 이 덫을 가장 고약한 간계와 마르지 않는 기발한 사악한 꾀邪計로, 기가 막히게 위장을 하고서 사람들 집 앞에 놓아두었고, 그러니 아침에 아무 의심 없이 집을 나서던 사람은 어김없이 그 속에 발을 딛게 된다고, 밝혀졌다. 수사기관에 널리 드리웠던 당혹감은 곧 잦아들었으나, 갈수록 빈번해지는 사고 소식으로 마을에 공포감이 조성되었고 특별 전담 수사팀이 '가능한 한 문제의 조속한 해결'을 위해 발족하였기 때문이었다. 이 수사팀은 처음에 심각한 골절과 타박상으로 입원한 희생자들의 특징을 통해 가해자를 알아내는 일에 집중하였다. 하지만 부상을 입은 체육 교사, 세무 공무원, 원예가, 산림청 공무원, 트럭 운전사, 재단사, 몇 명의 어린 학생들, 그리고 마지막으로 정육점 주인 사이에 어떠한 연관성도 찾을 수가 없었다. 그래서 조사는 덫에 초점을 맞추게 되었다. 사냥협회와 야생동물관리협회는 둘 다 이런 보기 드문 크기의 덫에 대한 책임을 부인하였고 어느 정도 펄펄 뛰며 그게 뭐든 이들 단체와 중범죄자와는 어떤 관련성도 없다고 일축하였다. 하지만―이런 반응과는 무관하게―이들 장치들은, 말하자면, 사사로이 집에서 만든 사제가 확실하여, 특별 전담 수사팀은 다음으로 그런 물품들을 제작할 수 있는 모든 작업장과 기계공들을 고려하여 조사하였으나 소득은 없었다. 그러는 사이 사고는 계속 터지고 가해자들은(이제 이들이 공범들이라고 암묵적인 의견일치를 보았다.) 비범한 기량들을 널리 드러내건만, 증강한 야간 순찰조로도 이들 뒷덜미를 잡아채 가두지 못하는 것이었다. 2월 말이 되어 특별 전담 수사팀은 거의 절망에 빠져 수사를 하고 있는데 아주 중요한 두 가지 정보가 들어왔다. 먼저 시의 외곽에서 그들은 한 시골 대장장이를 찾아 문제의 그 물건들을 제조하였다는 자백을 받았고, 그가 주문을 넣은 사람을 알지는 못하기 때문에 정확한 신분 정보는 제공할 수 없으나, 그의 생각으로는 '분명 사냥꾼일 것'이라는 것이었다. 두 번째 지역 신문에 게재한 공고문에 쾨뢰시 강 둔치에서 방죽지기가 머리를 싸매고 고민 끝에 '더 이상 침묵을 지킬 수는 없다' 결정을 하고서, 직접 출두를 하였다. … 그는 몇 주 전부터 이 사건들 배후의 남자는 분명코 은퇴한 사냥터 관리인이리라 눈치챘다고 진술했다. 일주일에 한 번씩 그에게 음식을 사고 레메테 숲에 야영을 하며 살고 있는 사람인데, 한번은 그 남자에게 '그 사람들이 무슨 잘못을 저질렀는지 나는 도통 이해가 가지를 않습니다. 하지만 이 사람들을 정말 공격하고 벌주어야겠다면 왜 그들을 진짜로 다치게 하지도 못하고 웃음만 살 이런 같잖은 덫을 사용하는 겁니까?' 물었다. 이 말에 관리인이, 모든 사건의 책임을 인정하는 투로 다만, '내 손에 직접 피를 묻히지 않고서 할 수 있는 방법이 이게 유일하다. 내가 마음대로 쓸 수 있는 다른 방법이 없기도 하고'라고만 대꾸를 하고서 그런 뒤 다시 한번 아무 말 하지 말라는 약조를 받아내었다고 전했다. 그런 뒤로 방죽지기는 그를 코빼기도 보지 못했다고 거듭 주장하였다. 이 일 이후에 야생동물 관리협회의 퇴직자 명단을 입수하는 일은 어린이 소꿉장난이었고 12월 말 이후로 헤르먼의 종적이 묘연해진 사실이 밝혀지고, 이런 단서들을 다 끼워 맞추자 모든 것이 명명백백해졌다. 마땅히 그들은 헤르먼의 이름으로 등록이

된 두 자루의 만리허들이 그의 아파트에서 사라진 걸 발견한 뒤 그의 아파트를 봉쇄하고서, 특별 전담 수사팀의 인력을 강화하고, 레메테 숲 주변부 근방으로 대규모 분대를 투입하였다. 그즈음에 헤르먼은 완벽하게 위장을 한 그의 동계 야영지에서 나오지 않은 지 수일이 지났다. 반쯤 땅에 묻힌 야영 장소에서 엄격하게 음식을 배분하고 하루에 한 끼씩 먹고 지냈다. 방죽지기가 그가 '덫놓이' 사냥꾼임을 눈치챈 이후로 그를 더 이상 신뢰할 수가 없어서였다. 그리고 마침내 딱 한 주 분의 음식만 남았다. 그는 얼어 죽지 않도록 모든 옷을 두꺼운 겨울 외투 아래 껴입고 그 위에 담요 두 장을 둘러썼다. 찬바람에 튼 얼굴에 수염이 자랐고 그의 전체 모습은 지난 두 달 동안 탈바꿈이라도 한 듯 변하였다. 입을 벌리고 숨을 쉬며 구부정하게 마대 자루와 천 조각들로 만든 잠자리 위에 가만히 앉아 지냈다. 가끔 위험을 무릅쓰고 멀리 나가면 아니 밤에 마을을 향해 출발하면, 소리 없이 살금살금 움직이고, 눈은 좌우로 번뜩이고, 조금이라도 수상쩍은 소리가 들리면 화들짝 그의 나이가 무색하도록 유연하게 제일 처음 눈에 들어온 은폐 장소로 잽싸게 뛰어들곤 했다. 하지만 지난 사흘 동안은 그렇게도 움직이지 않았다. 조심해서 안 움직인 게 아니라, 지난 몇 주간 일들을 차분하게 곱씹어 볼 시간이 되었다고 느꼈기 때문이었다. 이런 숙고의 시간이 최근에는 한층 더 필요하다고 느껴졌다. 특히나 마지막에 놓은 덫에… 무언가 자신 속에서 부서진 것 같아서, 마치… 갑자기 거의 힘이, 그의 정의감을 먹여 살리며 부지시키던 힘이 모조리 빠져나가 버린 것 같아서였다. 덫에 벌써 몇 명이나 아이들이 걸렸다는 말을 듣자, 그는 '잘못된 냄새를 쫓고' 있는 것은 아닌가 하는 의심이 들기 시작했던 것이다.… 그 자신의 두 손으로 '어둠 속에서 눈이 멀어 휘두르듯' 살육을 벌이도록 내몰리고 있었다니, 자신은 '지금까지 그들에게 현혹된 것에 대한 대가를 되갚아주려는' 사람이라는 믿음에서, 그 응보의 행동으로 해오던 일인데. 하지만 이제—사흘째 곱씹어보니—더 이상 외면하며 뒤로 미룰 수 없이, 그는 그가 틀렸을 수도 있다는 가능성을 마주해야만 했다. '누락된 질서'를 복구하는 대신에 아마 다른 누구도 아닌 그가 나무좀처럼 내부에서부터 먹혀 들어가며, 최종적으로 와해되기 시작한 것 같았다. 날카로운 통증이 갑자기 그의 어깨를 찔렀고 그가 앉은 곳의 어둠이 갑자기 무시무시해지기 시작했고 더 이상 걷잡을 수 없이 달음질하는 생각들을 통제할 수 없다는 점도 이미 감지되었다. 하지만 바로 이런 생각들을 무엇보다 먼저 정리해야 한다. 다시 한 번 허겁지겁 달아나는 단어들의 대혼란 속에서 체계를 세우고, 위협적인 붕괴를 미리 방지하고, 그의 내부에서 자라는 나약함의 싹을 자르기 위해서라도 그래야 했다. 속으로 부리부리 눈을 밝히고, 처참한 자유낙하에 꼼짝하지 않고 몸을 움츠리고 그는 곧장 앞을 뚫어지게 바라보았다. 이제는 차분하게 모든 것을 지워버리는 힘에 저항하는 일을 포기하고서, 지옥의 속도를 내는 내리막이라 어떤 질주로도 맞먹지 못할 때, 오직 자신의 발만을 제동장치 삼아 가파른 길을 패대기치듯 굴러 내려가는 동안에 신중하게 상황을 평가하고 있을 여력이 없는 사람과도 같았다. 반응할 필요가 없었다. 한번 든 의문은 이미 바위처럼 단단한 그의 결심도 단 한 방으로 박살을 내버렸으니까. 마땅한 어구를 찾으려는 노력도 소용이 없었다. '신도 용서할 수 없을' 잘못을 저질렀다, 불쑥불쑥 고개를 치미는 생각을 이제는 그저 절감하고 있기 때문이었다. 오랫동안 보류하던 최종 심판처럼, 반박의 여지가 없었다. 그는 갈수록 배기기 힘들게 짓누르는 어깨 위의 짐을 알아차리지도 못했다. 왜냐면 지금 무감각하게 얼얼한 무거운 죄의식 대신에, 그는 끝없이 탁 트인 눈부신 자유 공간에 도달했다고 느껴져서였다. 거기는 모든 것들이 선명하게 보이고 '심장이 내리는 진정한 분부'가 또렷하게 들렸다… 잠깐 머리가 어찔해서 눈을 꼭 감자 고요한 숲속 오솔길에 다시 한번 발을 내딛고 눈이 사부작 내리는 옛날 정찰로를 걸어가는 자신의 모습이 그려졌다. 이런 홀가분하게 트인 공간에 그는 즉시 형언할 수 없는 기쁨이 차올랐다. 그 속에서 은혜의 징후를 보았기 때문이었다. 그는 모든 것을 새로운 눈으로, 죄인의 눈으로 보니 그를 둘러싼 모든 것들이 정확하게 동일한 무게, 중요성을 지녔구나… 그는 근처 확성기에서 시끄럽게 거억거리는 소리를 들어도 조금도 놀라지 않았다. 사실 완벽하게 이들 말의 의미를('저항…가망 없는…저항') 알 만한 사람이었기에 그는 알았다며 고개를 끄덕이고 일어섰다. 범인 수색 특수부대가 젤브스트츄스와 오솔길 들머리에 배치한 덫까지 이미 해체한 줄을 알지 못하였기에, 자신의 추격자들에게 도사린 위험을 한시라도 더 빨리 알리려고, 그는 잘 위장을 한 은신처의 문을 홱 열어 젖혔다. 그래, 동시에 얼른 자수도 하고, '보편적인 동정심의 긴요성'에 대한 주의를 환기시키기 위해서 그리고 '그런 취지를 담은 성명을 가능한 한 빨리 라디오에 발표하기' 위해서라도. 거대하고 무시무시하고 육중한 덩치가 담요에 둘둘 말려 갑자기 지하에서 불쑥 튀어나왔고, 마치—무너지려고 하는 세상을 혼자서 간신히 떠받치고 있는 사람처럼—등 뒤의 무게에 눌려 비틀거리며, 불현듯 그들 앞에 턱하니 너무나도 예상치 못하게 나타나서, 반원을 그리며 진군을 하던 부대는—불의에 얼어붙어—즉각 발포를 시작했다. 하지만 헤르먼은, 질긴 괴물처럼, 좀체 눈밭에 고꾸라지려고 하지 않았다. 그렇게, 사수들이 구멍이 숭숭 뚫리고 뚫린 시체가 오로지 빗발치는 탄환으로 공중에 버티고 있음을 깨달을 때까지는 한참을 그러고 있었다.

기교의 죽음

두 번째 판

미시마 유키오와 상반하여

마리에타에게 어머니가 죽어가고 있다는 소식이 닿지 않았다면(이는 진짜로 놀라운 일은 아닐 것이다. 그녀가 집에서 멀리 떨어져 나와 우리 패거리의 한 명이 된 이후로, 노부인은 당연히 그녀와 어떤 연락도 접촉도 끊은 지가 까마득히 옛날이었으니) 그리하여 그녀가 우리더러 저 재미 하나 없는 작은 마을에 동반해서 가지 않겠느냐 물어오는 말을 건네지 않았더라면, 아마도 우리는 '헤르먼'이란 사람에 대해 결코 듣지 못했을 것이다. 이런, 그 나름 독특한 방식으로 꽤나 무시무시한 이 친구에 관해서는, 오늘날까지 실제로 존재했던 사람인지 아니면 저급하고 소심한 공포의 화신이었는지 완전히 확실하지 않은데, 그래서 어쩌면 과거 그 당시에 우리를 그렇게 열렬한 흥분에 빠뜨렸던 사건은 미상未詳의 장막에 영원히 가려져 있었을 것이다. 그 당시 우리 패거리에, 그러니까 세 명의 동료 사관들 그리고 주전나, 베르터와 루시는 신바람 잘 내는 귀염둥이 마리에타에게 안 된다는 말을 할 수가 없었다. 그 당시 우리 패거리에, 그러니까 세 명의 동료 사관들 그리고 주전나, 베르터와 루시는 신바람 잘 내는 귀염둥이 머리에타에게 안 된다는 말을 할 수가 없었다. 어쨌거나 때는 겨울이었고, 우리 모두는 숨 턱턱 막히는 권태에 휩싸였던 터였다. 녹초가 될 만큼 너무나 공들인 난장판이 미수에 그치는 낭패를 겪은 뒤 막 갑갑증을 벗어났던 때, 하긴 우리 중 일부는 '불참'하기도 했지만, 그 일에, 진짜 고비 혹은 실제적인 위험은 없었다 보니, 떨떠름한 농신제saturnalia가 돼버렸기에, 그래서 우리는 모두 기대에 가득 차 길을 떠났다. 이 여행길에 아드 에세 아드 포세(가능성에서 현실로 다가오나니) 곧 천천히 모든 경계들을 넘어서는, 죽어가는 이미 죽음의 고개를 넘어가는 여인의 비인간적인 시선의 반경 내에 서 있을 수 있는 기회라는 장래성을 알아보았던 것이다. 바깥이나 안이나 추접하기 매한가지인 기차가 새벽에 출발한 데다, 우리 앞에 있는 200킬로미터가 넘는 거리가 ─짜증나리만치 느린 기차라서─참을 수 없을 만큼 지루하리라 위협을 해대

는데, 그래서—우리 창문 밖을 꿈지럭거리며 지나는 저지
대의 황량함에 진절머리가 나, 끝없는 평지, 눈, 나무들, 작
은 마을들 그리고 그 너머에 있는, 고요한 목가 풍에 숨은,
살아 있는 혐오들까지에 모두 지쳐서—잠이 곧 우리를 엄
습했다는 점은 놀랍지도 않은 일이었다. 다만 베르터와 루
돌프만 예외였는데, 그들은 복도 끝에 있는 화장실에서 둘
이 짧게 틀어박혔고, 그러다 차표 보여 달라고 문을 열었
던 차장이 그들의 펠라치오 통정에 놀라 허둥지둥 내빼는
일이 벌어졌다. 우리가 작은 마을의 기차역에 내릴 즈음에
온통 옷매무새가 흐트러지고 기운이 죽 빠져, 그렇게 반짝
반짝, 뽀드득거리는 눈을 가로질러 중앙광장에 있는 호텔
을 향해 출발하는데, 마리에타 혼자만 이 진 빠지는 여행
에서 생생한 것 같았다. 아마 하차하기 전에 약한 최음제
를 살짝 가미한 쿠키 몇 점을 허겁지겁 먹어치웠던 덕분에
평소의 생기를 되찾았는지도 몰랐다. 아니면 아마도, 그녀
의 뿌리 깊은 애착의 상징적인 근원이자 대상인 침대를 곧
보고 만질 수 있다는 간절한 기대, 그녀가 태어났고 어머
니가 지금 죽어가며 누워 있는 그 자리에 닿으리라는 기
대 때문인지도 모르겠다. 비록—마지못해 털어놓은 접수
계원의 말로는—모든 방이 비어 있기는 해도, 아니 그의
고통에 싸인, 갈망에 굶주린 우리 여자 친구들을 흘낏 훑

는 시선으로 판단하자면, 그는 우리들을 결코 퇴짜 놓지는 못했을 테지만, 그럼에도 접수계원은 마뜩해하지 않는 이해할 수 없는 저항감을 보였다. 실제로 여차하면 어떤 대가를 치르고서라도 우리가 마을에 머무르는 일을 단념시키고 싶어하는 태세였다. 그러다 보니 정오가 한참 넘어서야 우리는 위층의 방을 차지할 수 있었고, 붉게 이글거리는 두 눈으로 즉시 죽어가는 여인을 만나러 가야 한다고 계속 고집을 부리는 마리에타를 달래고, 결국에 다들 못 잔 지난밤과 쌓인 여독으로 몇 시간의 휴식이 우리보다 그녀에게 훨씬 더 절실하다고 설득하는 데 성공했다. 우리의 사전 요구사항에 따라 접수계원은 올리버의 문을 일곱 시에 두드렸고, 안을 슬며시 들여다보고 베르터와 루시가 침대에 같이, 다정하게 뒤엉켜 잠들어 있는 것을 보고, 황급히 물러나고 몇 분 후에 돌아와 다른 방에 있던 루돌프의 귀에 속삭였다. '매니저께서 사관님들과 몇 마디 나누고 싶어 하십니다.' 하지만 그 문제는 그다지 중요하지 않았던가 모양이었다. 왜냐면 호텔 식당에서 저녁을 먹는 동안 아무도 우리를 방해하지 않았고 우리가 현관에서 얼음장 같은 바람 속으로 발을 내밀 때도 접수계원은 굳이 우리를 막고 서는 수고는 없이, 접수처 카운터에 팔을 기대고 계속 불안하게 그의 손톱만 씹어대고는 단순히 우리 뒤에 대고 조심하라고, 마을 가로등 작업이 완전히 종료되지 않았다고, 고함으로 경고만 보냈다… 정말로, 밖은 여차해서 엎어지면 거의 코가 깨질 판으로, 얼음에 뒤덮인 인도로 미끌대느라 안 그랬으면 분명 걸어서 10분이면 되었을 마리에타의 탄생장소까지 족히 30분은 더 걸렸다. 우리가 소심하고 얌전하게 방에 들어가자 꼬릿한 땀 냄새가 문간에서 우리를 막아섰다. 그리고 우리는 더 가까이 가지도 못했다. 늙은 여인이, 마리에타를 보고서, 남은 온 힘을 쥐어짜서, 간호사의 팔을 부여잡고 쉰 목소리로 자신의 방 밖으로 '이 양아치들!'을 몰아내 달라고 애원했고, 혐오감에 삐죽이며 '뭐래도 저 꼬라지들은 안 본다.' 새된 고함을 질렀다. 그래서 우리는 천천히 고약한 땀 냄새 밖으로 물러섰고, 대문간에서 마리에타를 기다렸다. 마리에타는, 우리가 알기로, 오래 묵은 침대 틀의 널빤지를 만지기 전까지, 그의 벨벳같이 보드라운 손바닥으로 '그녀의 탄생과 빠르게 다가오는 해방 사이를 완강히 잇고 있는 고리'를 움켜잡을 때까지 머리 뉘고 쉴 수가 없을 것이었다. 마리에타가 우리와 합류할 때까지, 우리는 설핏 지나가는 장면에 끼어 들어가야지 않겠는가, 칙칙한 의문의 눈길들을 교환했다. 우리가 감지하기로, 진정한 완료를 이끌어내는 우리의 재능들이, 신성모독을 능가하는 담대한 추진력, 범죄적 행동에 따르는 짜릿한 전율이 필요한 듯 보여서였다. 그건 말하자면 겁에 질려 빛의 세상과 작별하는 늙은 여인을 잠깐 일별하기 전에 우리는 그런 장면이—오직 우리에게만 달린 일이다—지금까지는 쇠고랑 찬 우리 상상력이 미치지 못해 사산된 약속을 완수할 기회를 제공할 것이라고 낙관적으로 생각했었다. 그리고 우리의 도착倒錯적인 실험들이 정확하게 이런 불가능성을—구스타브의 용어로— '에세(존재)의 지옥 같은 공허로부터' 상상력의 완전한 해방을 목표로 하였기 때문에, 이런 일의 실현 기회를, 아마도 이번에 우리는—비록 꺼지기 전 찰나보다 짧은 순간이긴 해도—우리 존재의 섬뜩하리만치 서늘한 아름다움을 곱씹고 잴 수 있는 곳에서 나와, 한없는 자유의 널찍한 공간으로 돌입하는 데 성공할 수도 있다는 감질나는 전망을 포기하는 일은 우리로서는 아주 힘들었다. 하지만, 집을 걸어 나오는 마리에타가 갑작스레 온순하게, 부드럽게, 체념으로 흔드는 손을 보니 우리가 다시 임종의 방에—그녀는 영영 가버렸으니까—돌아가기는 다 글렀구나 짐작이 가고도 남았고, 그래서 낙담에 고개를 늘어뜨리고 우리는 우리의 호텔로 돌아와 밤새 열어놓은 그런 바의 꾀죄죄한 탁자에 다들 맥없이 둘러앉았다. 우리가 간신히 10분쯤 방해받지 않고 앉아 있는데, 야간 웨이터가 좀 배운 시골뜨기답게 속 울렁거리는 엘레강스한 태도로 올리버 쪽에 가서 서더니 사근사근한 목소리로 매니저가 우리 탁자에 앉아도 되겠느냐는 허락을 구해왔다는 말을 전했다. 올리버가 그를 막아내기 전에 칫솔 같은 콧수염을 지닌 작은 난쟁이가 이미 그와 주전나 사이의 의자를 잡아당기는 것이었다.

'무례하게 끼어든 데 대해 신사 분들의 넓은 아량을 구합니다,' (그는 비굴하게 알랑거리는 말로 시작했다.) '그리고 특별히 숙녀 분들에게도 용서를 빕니다,' (여기서 그는 베르터와 루시 방향으로 의미 깊게 고개를 끄덕였다.) '하지만 여하하다고 전해드리는 사정의 전말을 끝까지 들으시면 저에게 화를 내시지 않으리라 확신합니다. … 저로서는, 특히나 저로서는 이런 말을 해야 하는 일이 괴롭기 짝이 없습니다. 왜냐면 어쨌거나 손님의 편안을 완전히 확보하고 여기서 보내는 나날의 완벽한 평온을 보장하는 일이 관리자의 무엇보다 우선시되는 임무임을 익히 알고 있기 때문입니다. 하지만 전례 없는 현 상황에 대해 입을 꾹 다물고 있다면 용서받을 수 없는 중차대한 범죄일 것입니다. 분명 시끌시끌 화려한 오락물이라고는 없이 다만 조용한 즐거움을 찾아 우리의 평온한 작은 마을에 오신 우리 손님들에게 현 상황이 아주 위험이 없는 것은 아닌지라…' (그는 움켜쥐고 있던 손수건으로 마른 이마를 닦았고, 이즈음에서 그의 존재가 그리 환영받지 못한다고 제대로 파악하고 있는 사람처럼 자리에서 어중간히 엉덩이 반을 떼고 있었다.) '이것도 벌써 몇 주 전부터,' (여전히 손수건으로 마른 이마를 두드리며) '우리의 존경받는 시민들이… 문밖에서 각종 동물의 사체들을… 주로 노루, 수사슴, 암토끼며 꿩을 발견하기 시작한 게 그 정도인데… 하지만 아마도 제가 봐도 그런 예측이 가능하지만… 제가 조금 정신이 딴 데 팔린 사람처럼 보인다면… 먼저 용서 바랍니다… 어쨌거나… 우리는 이런 나사 풀린 미친 사람이 활개를 치고 있다고 의심하고 있습니다. 도랑방자하게, 제멋대로, 밤마다 여기 덫에 걸린 동물이나 새덫에 잡힌 작은 새 같은 고약한 사체들로 우리의 순진무구한 주민들에게 겁을 주며 돌아다니고 있습니다. 아아, 잡았느냐, 안타깝게도 그자의 비범한 재주의 방증이기도 하겠지만, 이때껏 그를 잡지 못했습니다. 그렇긴 해도.' (매니저는 지친다는 듯 길게 한숨을 쉬었다.) '이 말 믿으셔도 됩니다. 저도 자원봉사자 일원이라 사정을 아는데, 우리가 할 수 있는 방법은 다 했습니다… 우리의 형편이 이제는 이런 사고들의 배후에 누가 있는지 알았다고 더 나아지는 것도 아닙니다. …그게, 퇴직한 사냥터 관리인이, …이름이 헤르먼인데… 정말이지 장담컨대, 불과 여섯 달 전만 해도 아닌 밤 중에 홍두깨격으로… 난데없이… 심신이 산란해져… 그 런 끔찍한 참상을 저지르자고 결심을 할 줄은… 상상할 수 없던 인물입니다… 이제 여러 사관 나리들은 아마, 이 게 뭐 그렇게 끔찍한 일이 되느냐고 의아해하실 수도 있는 데, 특히나, 위험할 게 뭐 있느냐? 하시겠지만,' (매니저는 다 시 한숨을 푹 몰아쉬고, 목을 가다듬고, 콧수염을 불안스레 잡아당 겼다.) '이 헤르먼이라는 사람이… 이 불쌍한 노인네가 여 기에서 그치지 않을 것이다, 그리고 우리 모두 이는 그냥 시작에 지나지 않는다, 확신하고 있습니다. 그가 전례 없는 일을 꾸미고 있어요! 왜냐면… 우리들 집 앞의 이런 사 체들은… 단순히 징후, 경고일 뿐, 하지만 그가 무슨 일을 꾸미고 있는지는… 우리는 확실히 알 수는 없습니다. … 당연히' (매니저는 지친 손을 흔들었다.) '아마 설명을 기대하 고 계시겠지요, 대체 왜 헤르먼이 우리를 공격하기 시작했 느냐, 뭔가 이유를 노리고 그런 거 아니냐, 달리 무슨 이유 가 있겠느냐, 하지만… 우리는 그 대답을 못 찾아 쩔쩔매 고 있는 상황입니다. 다만 이런저런 짐작만 할 뿐… 시원하 게 뭔가 말할 수 있는 사람이 없어요. 그러니 여하튼' (그리 고 여기 그는 겨우 알아볼 정도로나마 가슴을 내밀었다.) '결국 이 점은 제가 제 자신과 호텔에 반하여 행동하더라도 이해해

주시리라 믿습니다. 여러 사관 나리들께, 제 충고를 받아들이시어 내일 아침에 돌아가 주십사하고 부탁드립니다. 외람되나마, 제가 귀측에 대해 어떠한 책임도 질 수 없다는 점은 꼭 말씀드려야 될 것 같습니다. 그럼 이제, 그만 실례하겠습니다….'

아마도 내가 그의 등장과 꾸짖는 말들이 — 분명 고함치고 싶은 마음이 번연한데 조심스럽게 말을 고르며 억누르는 모습에 야기되는 불쾌한 감정을 제하고도 — 처음에 들을 때 매니저의 갈피를 못 잡은 이야기가 판연하게 불합리하고, 일견 터무니없이 맹랑하다는 이유로, 우리 사이에 관심의 불꽃은 조금도 지피지 못했다고 한다면 진실을 아주 왜곡하는 일이 될 것이다. 하지만 올리버가 빈정대듯 '진 빠지게 철저한 브리핑'에 감사를 표하고, 매니저가 그 보답으로 보강 증거로, 부엌 옆 창고를 한번 둘러보겠느냐고 제안을 하고, 거기에 여태까지 위협용으로 쓰인 모든 짐승들 사체를 모아놓았다고, — 그가 한 말 그대로 — '해당 부처에서 이를 이용하지도 그렇다고 파기하는 일도 허락을 하지 않기 때문에 사건의 마지막 국면을 기다리며 얼음 위에 놓아두었'고 전하자, 일편의 궁금증이 돌아, 총총거리는 작은 매니저를 따라갔다가, 매니저가 무거운 문을 활짝 열어젖히자 우리는 문지방에 우뚝 멈춰 서지 않을 수 없었다. 돌바닥에는 충격적인 수의 동물 사체들이 수사슴이며 노루며 여기저기 뭐가 뭔지 모를 각종 동물들이 한 층의 얼음 위로 빼곡히 부려져 있었다. '그것 참,' 매니저가 우리 뒤에서 쩌렁쩌렁 시끄럽게 외쳤다. '자, 이제 제 말 믿으시겠습니까?' 그러나마나 적어도 이런 얼빠진 간주곡은 마리에타 일의 통탄할 낭패로 우리 여행의 전체 목적이 좌절된 이후에 어느 정도 활기를 되살리는 구실을 했다. 우리는 마실 술을 올려보내 달라는 주문을 넣고 한 방에 문을 잠그고 모였다. 거기서 농탕하니 광란의 사랑놀음을 가진 후 (구스타브가 이번에는 채찍을 거머쥐었다) 우리는 모두 잠자리로 쉬러 갔다. 아침에 마리에타의 제안으로 우리는 접수계원에게 올라오라고 내선전화를 넣었다. 현재 마을에서 일어나는 일의 현 상태를 심도 있게 상술하라고, 특히나 덫놓이의 괴상망측한 행동들에 대해 자신의 생각은 어떤지 물었다. 엄청 당혹해하며 그는 서둘러 문을 당겨 걸고 자신이 아는 만큼은 매니저가 어제 상세히 설명한 것으로 안다며 얼버무리고—단순한 고용인의 처지로—더 할 말은 없다고, 우리의 요구를 회피했다. 발끈한 루돌프의 위압적인 명령에 어쩔 수 없이 굴복하고 손을 쥐어짜며 그 소문들은, '도는 말들은 어느 정도까지는, 사실입니다.

하지만 왜 이런 재앙이 그들에게 닥쳤는지도 알다가도 모를 일이지요…' 하고 인정했다. '다 괜찮아요,' 마리에타가 그의 용기를 북돋았다. '겁내지 말고 다 털어놓으세요.' 이 말에 접수계원은—왜냐면 그는 보란 듯이 아직도 옷을 입지 않고 있는 그녀를 감히 바라볼 수가 없기도 하였고, 그녀의 근사한 몸과 눈부신 속옷에 얼어붙어 입도 벙긋 못할 것이라, 눈을 딴 데로 돌리고서—더듬거리며 말하기 시작했다. 우선 그는 아주 능변가는 아니긴 했지만 마치 방에 마리에타만 있는 것처럼, 오로지 마리에타에게만 말을 붙이고 있었다.

'우리는 단순한 사람들이라 이 일이 하나도 이해가 안 돼요. 하지만 솔직히 저는 무섭습니다. 그리고 모든 사람들이 다 그래요.' ('설마!' 눈처럼 새하얀 이마에 주름을 잡으며, 마리에타가 바람을 잡았다.) '사람들 말이 이 헤르먼이라는 작자는 무슨 역도래요. 그 사람들이 뭐라고 해도 여하튼 그 사람은 미쳤다, 돌았다 그러니 저러니, 그런 말 아주 믿지는 마세요, 아가씨. 그 사람은 자신이 무슨 짓을 벌이는지 잘 알아요. 돌아가는 방식이 전부 다 그 사람 마음에 언짢다 이거죠,' ('전부 다?' 마리에타가 두 눈을 그를 향해 반짝거리며 미소를 지었다.) '요즘 여기에서 일어나는 모든 일요. 정말이에요, 요즘에 여기 무슨 일이든 허용되는 판이라. 오늘날 세상에서는.' ('정말이지!' 마리에타가 맞장구를 쳤다. 그리고 오른쪽 다리를 끌어당겨 느른하게 두 손으로 감싸 쥐고 턱을 무릎 위에 올렸다.) '이 주변에서는요, 아가씨… 더 이상 신성시되는 게 없어요. 하늘도 없고 법도 없는 세상이에요. 사람들은 돈을 펑펑 써요, 아주 물 쓰듯 허비해요. 여기서 무슨 일이 벌어지고 있는지 상상도 못 하실 거예요. 게다가 모두들 무슨 토끼들마냥, 어, 들입다 날뛰고. 나는 교회 다니는 사람이라, 더 이상은 말씀 못 드리겠어요.' ('날뛰어요?' 마리에타가 선명하고 아리따운 눈썹을 치올리며, 그 말을 되뇌었다.) '맞아요. 아가씨는 짐작도 안 가실 거예요. 닫힌 문 뒤에 대체 무슨 일이 벌어지고 있는지. 우리 교구 성직자가 완전 소돔과 고모라라고 하대요. 그분 말이 맞아요.' ('그리고 헤르먼이라는 사람 말인데,' 루돌프가 끼어들었다. '그 사람은 누군가?') '헤르먼, 아니 그 사람이 바로 그 덫놓이에요. 사람들이 그러대요. 처음에는 마을의 자치 숲에서 오직 해로운 맹수들만 잡을 요량으로 덫을 놓았어요.' ('맹수들? 그게 뭔데?' 루시가 킥킥거렸다.) '그게 그가 맡은 임무였죠. 하지만 지금은 유용한 사냥거리들도 덫을 놓아 잡아서 그것들을 문간에 놓아두죠. 밤에. 경고로. 죄 많은 사람들에게 주는 경고로요, 아가씨. 사람들은 총으로 사람을 위협하는 것보다 그 사람 덫에 더 겁을 먹어요. 왜냐면 이후로 닥칠 일이요. 그 자가 사람들을 떠돌이 개들처럼 몰아서 거둬들일 거래요. 제가 드릴 말씀은 이제 더는 없어요. 아가씨. 저 그만 가도 될까요?' ('하지만 그래도, 당신은 어떻게 생각해요?' 마리에타가 그를 잡아 세우며 물었다.) '누구 저요? 저는 아무 말 안 해요, 아가씨. 단순한 사람은 그저 입 다물고 듣고만 있는 게 낫죠. 하지만 사람들 말이 그 사람은 영 미쳤고 일단 어긋난 정신으로는 무슨 일이 해롭고 해롭지 않은지 알 수가 없다네요. 하지만 그는 알아요. 뭐가 뭔지 다 알아요. 교구 목사님도 그렇게 말씀하세요.' ('혹시라도, 그 사람 본 적 있나요?' 마리에타가 음탕한 미소로 묻고는 의자를 더욱 당겨 앉았다.) '누구, 덫놓이요? 아니요. 아직은 아녜요. 하지만 사람들 말이 건장한 사내라더군요. 그리고 여우처럼 약삭빠르다고. 사람들은 그자를 이길 수 없어요. 그게 말씀드릴 수 있는 전부에요. 아가씨. 이제 저 가도 되나요?'

'얼마나 어리석고 감상적인 무지렁이인지!' 접수계원이 무서움에 바들거리며 문밖으로 내빼자 루돌프가 한마디 했다. 그럼에도 그 역시 이야기에 흥겨워하지 않았다고 부정할 수는 없다고 하여서 우리는 무언가 뚜렷한 전말을 알아낼 때까지 계속 남아 있기로 동의했다. 푸짐한 아침식사에 뒤이어 그 다음 날 우리는 마을 공중목욕탕에서 보냈다. 목욕탕에서―비록 초기에 우리 요구는 거절하긴 했어도―베르터와 주전나가, 뒤늦게 합류한 구스타브와 함께 우리의 재미를 위해 나체 상태로 일종의 '수중발레'를 즉흥적으로 펼치는 것을 보고, 직원으로 있는 빽빽소리 지르던 늙은 할멈들이 눈이 휘둥그레진, 뚱뚱한 연금은퇴자들을 몰아서 내보내고서 한 시간 동안, 물론 결코사소하지 않은 사례금에 대한 보답으로, 우리끼리 독차지하도록 해주었다. 곧 올리버와 루시 역시 점점 더 격정적으로 되어가는 축연에 몸을 담그고 나니, 오직 우리들만, 관음증자들만이 욕탕 가장자리 깔아둔 참피나무 매트에누워, 커져가는 어지러움 속에 남았고, 그에 더해 몇몇 즉석 구경꾼들이 출구의 유리문에 달라붙어 쳐다보았다. 환희는 없이 비참하게 무너진 용기 없는 갈망의 포로들이었다. 그날 저녁과 밤은 아무 일도 없었다. 다만 올리버에게경미한 문제가 있어서, 아마 약을 과용했는지 속을 게워내었다. 하지만 그도 새벽 두 시 즈음에 훨씬 좋아졌고, 마리에타를 옆에 끼고 자러 갔다. 마을에서 우리가 지낸 지도 사흘째, 우리는 필시 '헤르먼'의 믿기 어려운 이야기는매니저가 눈가 그늘이 시꺼멓게 지쳐 아침식사 자리에 기습만 하지 않았다면, 아마 다 잊어버렸을 것이다. 그는 우리 식탁으로 달려와, 이전의 예의 바른 행동은 다 내다 버리고, 다만 '시작되었어요!' 말만 헐떡이며 뱉고는 더 이상의 설명도 없이, 어쩌지 못하고 우왕좌왕거리며 우리를 떠났다. 한 몇 분 후, 좀 더 침착한 상태로 다시 등장하여, 조금은 더 차분한 목소리로 우리에게 '헤르먼이 전투에 돌입했어요.' 하고 알려주었다. 우체국장의 큰딸, 정육점 주인과 고등학교 체육교사 모두 심한 다리 골절로 병원에 입원해야 했다. 오늘 아침, 일하러 나가는 길에, 그들은 앞문과 정원 대문 사이 구역에 교묘하게 설치해둔 커다란 족쇄덫에 발을 들이민 것이었다. '시작되었어요!' 마침표로 찍고서 매니저는 열에 들뜬 두 눈을 부라리며 칫솔 같은 콧수염을 잡아 뜯으며 부리나케 떠났다. 그 이후로 계속— 하루하루 1리터의 리슬링 와인에 대한 답례로—접수계원이 아침 전화로 이후 진척 상황을 전해주었고 점증하는 관심 속에 '헤르먼'의 도를 더하며 무서워지는 위업의 후속편들을 우리는 들었다. 매일 밤마다 지속해서 그는 시골마당이나 거리에, 학교의 출입구에, 공공 건물과 공원에 새로운 부비트랩들을 성공적으로 설치했다. 그는 대부분 커다란 족쇄형 덫 이른바 베를린 백조목을 사용했다. 접수계원의 아침 보고로 드러난 바로는 온갖 술책에도 불구하고 분명 이런 목적을 위해 조직된 야간 특별 기동부대는 그를 체포할 수 없다는 것이다. 왜냐면 '헤르먼'은 아주 비범할 정도로 교활하게 굴었고, 투명인간마냥 눈에 띄지 않게 작업을 벌였다. 이런 일들이 시작된 뒤 그의 그림자라도 본 사람이 아무도 없어서, 점차 그의 형상은 거의 초자연적인 후광을 얻게 되었다. 아주 최후까지 근거 없던, 그가 실제로 존재한다는 추정은, 마을에 저지르는 행동들을 제외하고, 우리 여행의 네 번째 날, 사람들이 두터운 바로시에되(마을 숲)에서 발견한 몇몇 덫에 기초하였다. 분명 더 이상 이것들이 필요하지 않아 숨기지 않고 내버려 둔 모양이었다. 다른 것들 중에 기울어지는 비탈덫들 몇 개는 악의적인 기발함에 마을 주민들이 놀라 입을 다물지 못했다. 이는 원래 자그마한 맹수를 막느라 쓰던 함정인데, 그냥 단순한 목재상자, 그 안에 장축 방향으로 '헤르먼'은 지렛목 위에 기우뚱한 널판을 장치해 두었다. 아이들이 좋아하는 놀이기구, 운동장의 시소와 같은 방식으로 작동하지만 다만 다른 점이라면 유해한 포식자가 다른 끝에 달린 미끼를 향해 널판을 달려 올라가면, 널판은 몸무게에 따라 기울어지고, 이에 걸쇠가 풀리고 출입구가 딱 하고 단단히 닫혀, 영원히 탈출로를 차단해 버렸다. 모르긴 몰라도—접수계원의 설명대로라면—땅에 똬리처럼 틀고 있다가 새가 올무 안에 발을 들이면 잡아채고, 새가 이를 벗어나려고 몸부림치면 더욱 옥죄는 단순한 올가미 덫들만큼이나 경악을 자아내었다. 사람들은 그저 이 모든 일을 복잡다단한 잔학성의 증거로 삼았다. 비록 덫 놓는 기술에 익숙하지 않은 우리에게도, '헤르먼'이 그의 기교에 집착하는 광신적인 전문가인가 보다, 자신의 기계장치로 고대의 전통적인 수단을 쓰고 있구나 하는 점은 명백해 보이긴 했지만. 그리고 사고들이 재발하고, 고조될 대로 고조된 공포가 대체 무엇이 뒤따르려고 이러나 싶게 더욱 미친 듯 커져 가자, 우리 역시 접수계원의 소식을 흥분으로 고대하게 되었다. 점증하는 공황에 우리도 휩쓸린 탓이 아니라, 다섯 번째인지 여섯 번째인지 하는 날에 우리 모두 '헤르먼'과 우리 사이에 상호연결점이 있는 것 같다는 호기심이 들기 시작하였기 때문이었다. 우리는 며칠을 들어오는 속보들을 의논하며 보냈고, (우리는 매니저의 호의를 통해 그런 족쇄형 덫 한둘을 만지작거려 볼 수 있는 기회도 얻었다. 이 매니저는 십중팔구 '헤르먼'에 대항하는 전투의 중진 중 하나였을 것이다.) 그러다 우리 패거리는—혹은 구스타브가 즐겨 쓰는 표현을 빌자면, 우리 분견대는—향후 진군의 괴수들로서 선량함이라는 강압적인 메카니즘으로부터 다만 멈칫거리며 해방되어 가는 세상에서 전초기지 역할을 맡고 있다고 한다면, '헤르먼'은 반면에 이제껏 통제력, 제지력에 강박적으로 사로잡힌 광신도라고 깨달았다. 그리고 우리 기술들은—우리의 한심한 경험들 뒤에, 우리는 단순히 사고하는 정신의 얼간이 희생자들이지 대업을 탐구하는 영웅들이 아님을 이해하고서—도착적 실현 성취, 분방한 쾌락의 추구, 원시적 상상력을 잃어버린 에덴의 쉼 없는 복원에 기초하여 세워져, 법의 위반에 위안을 얻는 반면에, 고의적으로 고른 '헤르먼'의 초라한 수단들은 기만적인 자존감으로 소생하였고, 나약함의 불가항력을 믿는 오만으로 선보였다. 우리가 일들을 잔혹하게(다시 오직 구스타브만이 맞는 단어를 찾았다) 축생 취급하고, 바로 완벽하다는 이유로 이들의 연약한 온전함을 범하고 있는 바로 그 순간에, 고대의 뿌리 깊은 충동들에 사로잡힌 이 '헤르먼'은 용케도 파괴성을 기리며 드높이 세우고 있음을 우리는 깨달았다. 이런 사고 이후로, 호텔 매니저가, 우리에게 덫놓이를 체포할 목적으로 몇몇 소위 공공 조직과 자위대가 마을에 조직되었다고 알려주며 우리 역시 이런 상황을 보아 넘길 수 없으리라 짐작하므로, 우리도 추적에 참여할 수도 있다고 하던 은근한 초대를 왜 받아들였는지 이해할 것이다. 그래서 바로 당일 밤에 우리 중 네 명은, 장전된 경찰 근무용 리볼버를 단단히 챙기고, 거리를 순찰하였다. 비록 우리에게 지역 시민들 얼굴에 번뜩이는 맹렬한 증오는 없긴 해도, 그래도 고개를 이리저리 돌리며 부지런히 수색을 하고, 여기저기서 휙 스치는 그림자를 향해 신중하게 몇 발 쏘기도 했다. 소용없었다. 우리나 분기탱천한 거주민들도 신비의 덫 놓이와 얼굴 마주칠 기회는 없었다. 며칠 동안 그가 활동을 유예한 이후로, 우리의 압도적인 힘에 직면하여 그의 무력함을 깨닫고서, 줄행랑이라도 친 것처럼 보였다. 하지만 일은 그런 식으로 벌어지지 않았다. 그가 만들어내었던 큰 혼란은 자연재해가 끝나듯이 끝이 났다. 시민들의 대책들이 그 목적에 이르지 못하고, '헤르먼' 자신이 군사작전을 종결하리라 자신의 기이한 행동을 통해 결심했던 것이다. 어느 날 새벽에 가톨릭 성당의 귀먹은 교회 일꾼이 꽃들 아래 물을 갈기 위해 중앙 제단을 향해 출발하는데, 그는 십자가에 매달린 상으로부터 몇 발자국 떨어진 붉은 양탄자 위에 놓인 무시무시한 물체를 목격하고 놀라서 우뚝 멈춰 섰다. '헤르먼'의 백조목 덫 중의 하나였고, 아마도 마지막 덫일 것이다. 그리고 마을은 이를 그들의 시련이 종결되었다는 뜻으로 이해했기 때문에, 그 장치는 그날 저녁 때까지 치우지 않았다. 그래서 그 구경거리를 보러 떼로 모여든 모든 사람 하나하나가 여기 어느 시도, 어느 직업, 고대 기교의 돌이킬 수 없는 끝, 그 명약관화한 엄숙한 순간을 목격하였다. 마음 어지럽히는 질문, '헤르먼'이 이 덫으로 제단에 다가오는 사람을 잡으려 했는지, 십자가에서 내려오는 예수를 목표로 했는지 그 의도는, 대답은 없이 남아 있게 되었다. 왜냐면 그 악마, 끊임없이 고통스러운, 우리의 영웅적인 분투에 부재하는 적대자는 필시 그날 아침 일찍 마을을 떠났는지, 다시는 들을 수 없었기 때문이었다. 지금쯤 지역 주민들은 그에 대한 기억의 잔재들을 모두 털어냈을 것이다. 그리고 오직 우리만 이런 분방한 모험의 마력적인 향내를 즐거이 기억한다. 다만 우리 신바람 잘 타는 귀염둥이 마리에타, 그 이후, 후회스러운 사고의 희생자가 된 마리에타만 빼고.

지은이 .. 크러스너호르커이 라슬로 Krasznahorkai László

1954년 헝가리 줄러에서 태어났다. 부다페스트 대학에서 문학을 공부하고 독일에서 유학했다. 이후 프랑스, 네덜란드, 이탈리아, 그리스, 중국, 몽골, 일본, 미국 등 세계 여러 나라에 체류하며 작품을 써왔다.

헝가리 현대문학의 거장으로 불리며 고골, 멜빌과 자주 비견된다. 수전 손택은 그를 "현존하는 묵시록 문학의 최고 기장"으로 일컫기도 했다. 크러스너호르커이는 자신의 작품 세계를 관통하는 종말론적 성향에 대해 "아마도 나는 지옥에서 아름다움을 추구하는 독자들을 위한 작가인 것 같다"라고 말한 바 있다. 영화감독 벨라 타르, 미술가 막스 뉴만과의 협업을 통해 자신만의 독특한 세계관을 확장하고 있다.

주요 작품으로 《사탄탱고》(1985), 《저항의 멜랑콜리The Melancholy of Resistance》(1989), 《전쟁과 전쟁War and War》(1999), 《저 아래 서왕모Seiobo There Below》(2008), 《라스트 울프The Last Wolf》(2009), 《세상은 계속된다The World Goes On》(2013) 등이 있다.

그의 소설은 여러 언어로 번역되었으며 다양한 국내 및 국제 문학상을 수상했다. 헝가리 최고 권위 문학상인 코슈트Kossuth상과 대문호 산도르 마라이Sándor Márai의 이름을 따 제정한 산도르 마라이 문학상을 비롯해, 독일의 베스텐리스테SWR-Bestenliste 문학상과 브뤼케 베를린Brücke Berlin 문학상, 스위스의 슈피허Spycher 문학상 등을 받았고, 2015년에는 맨부커상 인터내셔널 부문Man Booker International Prize을 수상했다. 2018년 《세상은 계속된다》로 같은 상 최종 후보에 또 한 번 이름을 올렸으며 2019년에는 내셔널 북 어워드에서 번역문학상National Book Award for Translated Literature을, 2021년에는 유럽문학상Austrian State Prize for European Literature을 받았다. 매년 유력한 노벨문학상 후보로도 거론된다.

옮긴이 .. 구소영

경상대학교 의과대학을 졸업하고 내과 전문의로 일하며 틈틈이 번역을 겸하고 있다. 옮긴 책으로 《P.D. 제임스 탐정소설을 말하다》, 《저항의 멜랑콜리》 등이 있다.

라스트 울프

1판 1쇄 찍음 2021년 10월 14일
1판 1쇄 펴냄 2021년 10월 29일

지은이 크러스너호르커이 라슬로
옮긴이 구소영
펴낸이 안지미

펴낸곳 (주)알마
출판등록 2006년 6월 22일 제2013-000266호
주소 04056 서울시 마포구 신촌로4길 5-13, 3층
전화 02.324.3800 판매 02.324.7863 편집
전송 02.324.1144

전자우편 alma@almabook.com
페이스북 /almabooks
트위터 @alma_books
인스타그램 @alma_books

ISBN 979-11-5992-350-0 03890

알마는 아이쿱생협과 더불어 협동조합의 가치를 실천하는 출판사입니다.

종이 표지_비비칼라 110g/㎡ 본문_전주 그린라이트 100g/㎡